小学館文庫

付添い屋・六平太

姑獲鳥の巻　女医者

金子成人

小学館

目次

付添い屋・六平太

姑獲鳥《うぶめ》の巻　女医者

第一話　春雷

一

浅草、元鳥越《もととりごえ》にある市兵衛店《いちべえだな》の家を出た途端、秋月六平太《あきづきろっぺいた》は足を止めた。

日の出前の路地を春風が吹き抜けると、白いものが一片、着物の袖《そで》に舞い落ちたのだ。

左袖を振ろうとして、六平太は思いとどまった。

よく見ると、干からびた桜の花びらだった。

花の時期はとっくに過ぎていたから、この朝散ったものではあるまい。風に流されて、近隣の屋根の隙間《すきま》にでも引っ掛かった花びらが、ついには干からび、今しがた吹いた風に飛ばされて舞い落ちたのだろう。

袖を振って払い落とそうとした六平太だったが、花びらに顔を近づけて、ふっと息を吹きかけて飛ばした。

ふふと、満足げに笑みを浮かべると、薄緑色《うすみどりいろ》の綿入れの裾《すそ》を翻し、静まり返った路地を後にして、表通りへと向かった。

市兵衛店の住人、大工の留吉《とめきち》と大道芸人の熊八《くまはち》は、いつものように暗いうちから相次いで仕事へと出かけて行った。

出かけるのを見ていたわけではないが、音で分かった。

大工の留吉は、速足で出かけるから、肩に担いだ道具箱がかたかたと鳴る。

家を出た大道芸人の熊八が木戸に向かうと、

「お稼ぎよ」

と、留吉の女房、お常《つね》から声が掛かるのがいつものことだった。

元鳥越から浅草御蔵前《おくらまえ》に出た六平太は、浅草御門を通って、薄い靄《もや》の這《は》う馬喰町《ばくろちょう》の通りを南へと向かった。

夜が明けたばかりだが、四つ辻《つじ》を行き交う荷車もあれば、仕事に出向く人の姿もそここに見られた。

行く手には小伝馬町《こでんまちよう》の牢屋敷《ろうやしき》の大屋根が見えた。

六平太は、昨年、天保《てんぽう》三年（一八三二）の八月の夕刻、市中引き回しの鼠小僧次郎吉《ねずみこぞうじろきち》の一行を、この通りで眼《め》にした。

四月に捕縛された鼠小僧は、その年の八月、市中引き回しの後、小塚原《こづかつぱら》の刑場で処刑された。

死に行く直前の鼠小僧を、六平太は目の当たりにしたのだ。

それから半年以上も経《た》つ天保四年（一八三三）の三月となったいまも、江戸では盗賊の横行が依然衰えず、町中での刃物三昧《ざんまい》も枚挙にいとまがなかった。

諸国に於《お》いても、天候の不順などで凶作が続き、米の高騰に怒った庶民の打ちこわしや一揆《いっき》、強訴《ごうそ》が昨年から頻発して、世の中に殺伐とした空気が漂っていた。

六平太が大川に架かる永代橋《えいたいばし》を渡りはじめると、東の空が赤みを帯びはじめた。

六平太が向かっているのは、木場《きば》の材木商『飛驒屋《ひだや》』である。

毎年恒例の潮干狩りに誘われていた。

『飛驒屋』の潮干狩りは、例年、船が仕立てられる。

潮干狩りだけなら、徒歩で潮の引いた浜辺に下りれば済むのだが、『飛驒屋』の潮干狩りは、春の海を楽しむ船遊びのほうに重きが置かれていた。

六平太が『飛驒屋』の母屋に回って案内を乞《こ》うと、

「佐和《さわ》さんたちとご一緒じゃなかったんですか」

母親のおかねと共に奥から現れた一人娘の登世《とせ》が、浅草の火消し、音吉《おときち》の女房になっている妹の名を口にした。

今年は、佐和のほかに、九つになる娘のおきみと三つになる長男、勝太郎《かつたろう》まで招かれていた。

「佐和たちは、噺家《はなしか》の三治《さんじ》が迎えに行って、船で木場に来ることになってまして」

三治というのは、市兵衛店の六平太の家の向かいに住んでいる噺家である。

「ともかく秋月様、人数が揃《そろ》うまでお待ちくださいまし」

登世に促されるまま母屋に上がった六平太は、中庭に面した小部屋に通された。

六平太と顔馴染《かおなじみ》の古手の女中、おきちが茶を置いて出ると、部屋には、登世とおかねが残った。

「おっ母《か》さんは今日、潮干狩りには行かないことになったのよ」

そう口にした登世が、横に座ったおかねに眼を向けた。

「去年の潮干狩りでは、波が立って船酔いをしましたでしょう。ですから、今年は家に残ります」

子供のような苦笑いを浮かべて、おかねは膝《ひざ》に置いた手を交互に揉《も》んだ。

「うちのほうから船に乗るのは、わたしの幼馴染《おさななじみ》二人と手代の信吉《しんきち》。秋月様のほうが、佐和さんとお子さん二人、それに三治さんで、締めて九人ね」

「楽しそうで、羨《うらや》ましいこと」

はきとした登世の口ぶりの後のおかねの物言いは、かなり悠長に聞こえる。何年にもわたって、おかね、登世母娘《おやこ》の付添いをしてきた六平太にすれば、殊更驚くようなことではなかった。

登世は以前、親や知り合いの勧めで婿を取ったことがある。だが、一年もしないうちに、登世のほうから婿を離縁した。

登世は、言い出したら聞かないようなところもあるが、決してわがままではないことの善悪は弁《わきま》えている。

だが、時々突飛なことを言ったりしたりするので、閉口することはよくある。それに比べて、母親のおかねは、あまりにも浮世離れしていた。

のんびりと長閑《のどか》で、すぐ近くで人が倒れても、「あら」と呟《つぶや》く程度で、おそらく動じることはない。

その長閑さに、時によってはこちらが焦《じ》れたり苛立《いらだ》つこともあったが、六平太にとっては気を遣わなくて済むので、楽だった。

「失礼します」

声を掛けて縁に膝をついたおきちが、

「『山金《やまかね》』のお幸《こう》さんと、山本町のお英《えい》さんが見えましたよ」

口にしたのは、六平太も何度か会ったことのある登世の幼馴染の名だった。

『飛騨屋』が仕立てた屋根船が、木場の築島橋《つきしまばし》の袂《たもと》から出発したのは、三治に連れられた佐和とおきみ、それに勝太郎がやって来て間もなくの、五つ（八時頃）時分だった。

屋根船は、三十間川《さんじつけん》を横切って、永代寺裏を流れる油堀《あぶらぼり》から大川に出ることになっていた。

この時期、江戸湾の芝浦《しばうら》、高輪《たかなわ》、品川《しながわ》、佃島《つくだじま》、それに中川の河口辺りでも潮干狩りが行われたが、木場の『飛騨屋』からは、深川洲崎《ふかがわすさき》が近くて都合がよかった。

「洲崎の浜は、六つ（六時頃）過ぎから潮が引きはじめておりますが、しばらくは沖合で春の海を楽しんでくださいまし」

艫《とも》で棹《さお》を差す船頭より年上の、舳先《へさき》に立った船頭が、乗り込んだ者たちにそう口上を述べた。

年長の船頭は、四つ（十時頃）過ぎに、沖合から洲崎へと向かい、海の底が陸地になる九つ（十二時頃）をめどに貝を掘り、昼餉《ひるげ》の弁当を食べるのが本日の日程だと付け加えた。

「どうだ。船は面白いか」

船が大川に出たところで、六平太が、おきみと勝太郎に声を掛けた。

おきみも勝太郎も、眼を輝かせて大きく頷《うなず》いた。

「船に乗せたこともなかったし、その上潮干狩りだなんて。お登世さん、今日は本当にありがとうございました」

六平太の横で、佐和が頭を下げた。

「勝太郎ちゃんが三つになったから、そろそろ船に乗せてもいいころだろうって、お父《と》っつぁんやおっ母さんも、そう言うもんですから」

登世が微笑《ほほえ》んだ。

「二人とも、よかったね」

佐和が、おきみと勝太郎に笑顔を向けた。

おきみは、音吉と死んだ先妻の間に生まれた娘だが、後添いとなった佐和とは初手から折り合いがよかった。

今では、佐和のことを、なんの屈託もなくおっ母さんと呼んでいた。

「お登世ちゃんは、なんだか秋月様を親戚《しんせき》のお兄さんみたいに思っているわね」

金物屋『山金』の娘のお幸が、からかうような口を利いた。

「みたいじゃなくて、心底、そう思ってるのよ。秋月様と佐和さんは、わたしの兄さんと姉さんだし、おきみちゃんは姪《めい》っ子で、勝太郎ちゃんは甥《おい》っ子なの」

「秋月様、お登世ちゃんにそんなこと言わせていいんですか」

山本町の料理屋の娘、お英が、芝居っけたっぷりに、意地悪な物言いをした。

「ま、親戚は多いほうが何かと助かることもありますからねぇ」

六平太がつるりと顎《あご》を撫《な》でた。

「うん。ちげぇねぇ」

三治が扇子で自分の膝を打つと、一同からどっと笑い声があがった。

大川の河口を出た屋根船は、石川島《いしかわじま》と越中島《えっちゅうじま》の先の深川沖で錨《いかり》を下ろした。

三月の日射《ひざ》しが、夏のように海上に降り注いでいたが、屋根のある船はありがたい。

おきみと勝太郎は、用意された菓子を頬張《ほおば》り、六平太と三治は重箱の煮しめを肴《さかな》に酒を口にした。

登世と幼馴染の女たちは、近々嫁入りの決まったお幸の話で盛り上がった。

『飛騨屋』の屋根船が錨を上げたのは、四つを知らせる永代寺の時の鐘が聞こえてしばらく経った頃だった。

船は、特段急ぐこともなく、築地の沖で迂回《うかい》して、のんびりと深川洲崎を目指した。

深川洲崎は、木場に近い平井新田と、永代寺門前に近い海辺新田の間にある砂浜だった。

潮の引いた浜に貝を掘る人の姿があり、海上には多くの猪牙舟《ちょきぶね》や屋根船が停泊していた。

すべてが潮干狩りのための船というわけではない。

潮干狩りを見物するだけの、音曲《おんぎょく》を打ち鳴らす船遊びの船もいた。

そのうえ、食べ物や飲み物を売ろうという何艘《そう》もの小舟が停泊中の船の間を動き回って、海上は賑《にぎ》わい、混雑していた。

『飛騨屋』の屋根船も、そんな浜辺に停泊していた。

「それじゃひとつ、昼餉前にやっつけやしょう」

尻っ端折《ぱしょ》りした三治と手代の信吉が、船べりに立て掛けた小さな梯子《はしご》から浅瀬へと下りた。

六平太も着物の裾を端折って、船を下りた。

「おきみも勝太郎も、浜に下りてみるか」

「下りる」

おきみが、梯子に足を掛けた。

六平太はおきみを手で支えて下ろしてやり、勝太郎は抱き上げて船から下ろした。

「水が冷たくて気持ちいいよ、おっ母さん」

おきみが船上の佐和に笑いかけた。

おきみと勝太郎は、脛《すね》の真ん中ほどの深さの浅瀬をばしゃばしゃと走り、水しぶきを上げた。

頬被《ほおかぶ》りをした三治と信吉は砂地に進んで、小さな鉄の熊手で貝掘りを始めていた。

六平太と若い船頭も貝掘りを始めると、おきみと勝太郎は手で砂を掘り返し始めた。

登世とお幸、お英、そして佐和ら女たちが船べりで貝掘りの様子を眺め、年上の船頭が舳先で煙草《たばこ》を吹かす様子は、絵に描《か》いたような潮干狩りの光景だった。

「あんたら、ここいらじゃ見かけない顔だな」

長閑さを切り裂くような、男の凄《すご》む声がした。

「おれもお前さん方を見るのは初めてだよ」

「どこのもんだと聞いてんだ！」

「江戸者だ！」

「ふざけんな！　誰の許しもらって、ここで商売してやがるんだよ！」

言い合いが始まったのは、『飛驒屋』の船から二艘ほど先に停泊している屋根船近くだった。

舳先と舳先を向け合った物売りの小舟に突っ立った男がそれぞれ二人、袖を捲《まく》って腕の彫り物を見せつけて、相手を威嚇していた。

深川近辺には決まった香具師《やし》の親分がいて、商売の場所割りなどを差配するのだが、密《ひそ》かによそ者が潜り込んで縄張りを荒らすこともあった。

「潮に流されてきただけだ！」

縄張り荒らしと思《おぼ》しき男が喚《わめ》くと、

「よそもんは、ここから出て行け！」

地元の物売り船の男が言い返し、両者の応酬は更に激しさを増した。

「なんだなんだ！」

物売り船の僚船が二艘、急ぎ争いの場に加わった。

地元の船も縄張り荒らしの船も二艘ずつになって、口だけの応酬から、船を下りての摑《つか》み合いへと変わった。

双方の男ども八人が、浅瀬を駆け回り、体ごとぶつかっては砂地に倒れたり転げまわったりした。

物売りの男どもの攻防は傍若無人で、船遊びの船など気にも留めず、繰り広げられた。

近くの屋根船から、女の悲鳴が上がった。

男どもの蹴散《けち》らす水が、船の中に飛び込んだようだ。

「おきみと勝太郎を、船に上げるぞ」

大声を上げると、六平太が勝太郎とおきみを抱き上げて、船上の佐和と年上の船頭に受け取らせた。

「ああっ！　大丈夫？」

船上から、登世の声がした。

「どうした」

六平太が声を張り上げると、佐和が、

「勝太郎とおきみに、砂が飛んできたの」

「なにぃっ！」

男どもの争いのとばっちりが子供たちに降り掛かった。

「おい！　いま、この船んなかに、砂を飛ばしたのは誰だっ」

六平太が、浅瀬と砂地で喧嘩《けんか》していた物売り連中の輪に割り込んで、怒鳴った。

「そんなこと知るかよ」

刀を差していない浪人と見て、諸肌《もろはだ》を脱いだ物売りの一人が、竜の彫り物をした胸をそびやかした。

バチン！　と、いきなり竜の彫り物の男の頬を張って、

「誰が砂を飛ばしたかと聞いてるんだよ！」

六平太が男どもを見回して、凄んだ。

「見てましたがね、その髭面《ひげづら》の男だよ」

停泊していた屋根船から顔を出した白髪の男が、男どもの一人を指さした。

「あいつら他所者《よそもの》だよ！」

竜の彫り物の男が、髭面の男たちを指さして喚いた。

「砂を飛ばしたが、それが何だってんだ！」

髭面の男が、六平太を見て薄笑いを浮かべた。

「暴れ回るのはどうでもいいが、おれの甥っ子姪っ子が砂を掛けられたのは、どうにも我慢が出来ないんだよ」

「だったら、どうするよ」

髭面が、筋骨たくましい体ごと六平太に突進して来た。

その瞬時、腰を落とした六平太が、片方の足を少し引きながら髭面の男の腰紐《こしひも》を摑むと己の腰に乗せて、浅瀬に叩《たた》きつけた。

六平太が身につけている、立身《たつみ》流兵法の俰《やわら》の術だった。

髭面の仲間が二人、立て続けに摑みかかって来たが、六平太は、一人は張り倒し、もう一人の脛に足蹴を見舞った。

「あなたたち、付添い屋の秋月様を舐《な》めるんじゃないわよ」

金物屋のお幸が、船上から声を張り上げた。

形勢不利と見たよそ者の物売りたちが、急ぎ小舟に乗り込んで、沖合へと逃げ去った。

「よっ、秋月六平太。日本一」

三治の声が洲崎の浜に谺《こだま》した。

二

まだ日が沈む頃合《ころあ》いではないが、『飛騨屋』の中庭は日が翳《かげ》っていた。

八つ半（三時頃）ともなると、西に傾いた日は、建物に遮られるのだ。

日中の熱気が残った中庭に面した部屋で、六平太と三治が冷や酒を傾けていた。

佐和と二人の子供は、『飛騨屋』が用意してくれた船で半刻《はんとき》（約一時間）前に木場を離れた。

六平太は、浅草へ帰る佐和と二人の子供を、三十間川の船着き場で見送ったあと、『飛騨屋』に戻って来た。

中庭に面した部屋には煮しめや干魚、漬物の盛られた皿が並んでいた。

六平太と三治の他に、おかねと登世、それに、出先から帰ったばかりの『飛騨屋』

の主《あるじ》、山左衛門《さんざえもん》も加わって、ささやかな酒宴となっていた。

　酌をしたりされたりするのを好まないことを、おかねと登世は心得ていて、放っておいてくれるのが六平太には有難い。三治は勿論《もちろん》のこと、いつの間にか山左衛門も六平太の流儀に馴染んでしまい、『飛騨屋』の酒席では手酌が当たり前になっていた。

「まてまた、三治さん変なことを言うんだから」

　三治の話に笑い出して、登世とおかねが箸《はし》を持つ手を止めた。

「いや、ほんと嘘《うそ》なんかじゃないんですから」

　三治が、真顔で右手を打ち振った。

　六平太が、三治を初めて『飛騨屋』の船遊びに伴ったのは、二年ほど前だった。

『飛騨屋』の親子に気に入られて、その後、何か催事があると声が掛かるようになっていた。噺家だが、幇間《ほうかん》の真似《まね》ごとも厭《いと》わない三治は、場を明るくするので重宝がられたようだ。

「秋月さんも三治さんも、帰るのが面倒なら、今夜はうちで泊まって行かれたらどうです」

　山左衛門が気遣ってくれた。

「そうですよ。そうなさいましよ」

　登世が身を乗り出した。

「そりゃ有難いすな。そうするというと、ふふふ、気兼ねなく酒を頂けるという一夜になりますよ。ねぇ、秋月さん」

三治が、この上ないというような笑顔を六平太に向けた。

「いや。わたしは、遠慮しよう」

「どうして？」

登世が、小さく口を尖《とが》らせた。

「明日は、四谷《よつや》の道場に行く日でしてね」

六平太が口にすると、登世と三治が、「あぁ」と、ため息混じりの声を洩《も》らした。

四谷の道場とは、立身流兵法の相良《さがら》道場のことである。

六平太が、信濃十河《しなのそごう》藩江戸屋敷の供番を務めていた頃から通っている道場だった。

十五年ほど前、藩内の抗争の余波を受け、いわれのない罪を蒙《こうむ》って秋月家は藩を追われた。

浪人となってすぐ、いっとき道場から足が遠のいていたのだが、この十年ばかり、六平太は、時々顔を出すようになっていた。

「道場の師範代は、いつまでお続けになるのかしら？」

おかねが、催促がましくなく、のんびりと口を開いた。

「そうそう。それをお聞きしたいわ」

登世が、ツツと六平太に膝を向けた。

「それが、なんとも」

六平太は、あいまいな声を出した。

昨年の五月、道場主の相良庄三郎《しょうざぶろう》が、雨の石畳で足を滑らせて転び、腰を痛めた。

以前から、師範代にと請われていたものの、その都度固辞し続けていた六平太だが、恩ある庄三郎の怪我《けが》とあっては引き受けざるを得なかった。

師範代となって相良道場に通い始めて、あと二月《ふたつき》足らずで一年が経つ。

「秋月様が付添い屋稼業をやめて、お堅いお仕事をなさると聞いた時は、どうしようかと思ったけど、案外、大して不自由はなかったわね」

「ほんとねぇ」

おかねが、登世の述懐に、笑顔で同調した。

「付添いを頼まなくても、たまにこうやって、木場にもお出《い》で下さるし、お芝居やお花見にもご一緒していただけるから、おっ母さんだって、寂しいことはなかったでしょ」

「そうだわねぇ」

おかねが、大きく頷いた。

登世やおかねは、親しい友人に誘いをかけたつもりだろうが、芝居や花見に招かれた者としては、いつも、付添い屋の気持ちでお供をしていた。今までのような付添い料は出ないが、その都度、駕籠代《かごだい》とか煙草銭《たばこせん》の名目で金を包んでくれたのは、有難かった。

「秋月様がまともなお勤めをなさると、堅くて面白みのないお人になるんじゃないかって思ったけど、案外だったわよねぇ」

「ほんとよねぇ」

登世の物言いに大きく頷いたおかねが、

「昼間、洲崎の浜辺で暴れられたという秋月様を、わたしも見てみたかったわねぇ」

ふふふと笑って肩をすぼめると、高野豆腐の煮しめを口に入れた。

浅草御蔵近くの船着き場は黄昏時《たそがれどき》だった。

西の空から赤みは消えていたが、一町（約百九メートル）先が見えないほどではない。

『飛驒屋』が用意してくれた猪牙舟で大川を遡《さかのぼ》った六平太が、舟から岸辺に上がった。

「わたし一人泊まるのもなんですし」

そう言って、六平太と一緒に『飛驒屋』を辞した三治も、舟を下りた。

「ありがとございやす」

猪牙舟の船頭が、祝儀に一朱を渡した六平太に頭を下げると、舳先を下流へと回した。

六平太と三治は、静まり返った浅草御蔵前から、市兵衛店のほうへと歩き出した。

御蔵前が活気づくのは早朝から昼過ぎくらいまでで、名だたる米問屋や商家は、日暮れ前には大戸を下ろす。

この一帯で、これから明かりを灯《とも》すのは、旅籠《はたご》か居酒屋くらいである。

日中、降り注ぐ日を浴び、先刻まで酒を飲んでいた六平太と三治の足が、時々もつれた。

手に下げた布袋には、潮干狩りで獲《と》った蛤《はまぐり》やあさりがずしりと詰まっていた。

いつもなら立ち寄る、居酒屋『金時《きんとき》』の前を、二人は素通りした。

そこから一町足らずほど先の、鳥越明神手前の小路《こうじ》を右へと折れると、市兵衛店に行き着く。

二人は、ふらふらと市兵衛店の木戸を潜《くぐ》った。

木戸に近い大家の孫七《まごしち》の家の中に明かりがあった。

孫七と六平太の家に挟まれた家から、人影が二つ、路地に出てきた。

その家は、先月まで、絵馬の絵描きが女と一緒に暮らしていた。住人の誰もが夫婦者だと思っていたのだが、先月の末、絵描きの女房だと名乗る女が踏み込んで来て修羅場となり、翌日には市兵衛店から姿を消した。

孫七の家の明かりが当たって、人影の顔を浮かび上がらせた。

「いまお帰りで」

人影の一つだった孫七が、笑みを浮かべた。

孫七と一緒に出てきたのは、お店者《たなもの》らしい三十ほどの男である。

「今度、秋月さんの隣に人が入ることになりましてね」

孫七がそう口にすると、

「入るのはわたしじゃありません。わたしの主の知り合いがここに」

お店者が、笑顔で腰を折った。

長屋の住人になるのは箪笥屋《たんすや》のご隠居で、今日は、お店者が前もって家財道具を運び入れに来ただけだと孫七が説明した。

お店者が去るとすぐ、

「おぉい、熊さんに留さん、笊《ざる》を持って井戸端に出て来な」

六平太が声を張り上げると、大道芸人の熊八と大工の留吉夫婦が、言われた通り笊を手に井戸端に現れた。

「なんなんだい」

留吉が、訝《いぶか》しそうな声を上げた。

「あたしと秋月さんから、みんなへの土産だよ」

土産が蛤やあさりだと知ると、熊八や留吉夫婦から歓声が上がった。

「それじゃ、わたしも笊を」

孫七が、慌てて家に駆け込んだ。


翌朝、六つの鐘の音が届くと同時に、六平太は市兵衛店を出た。

一番近くで鳴る鐘は、元鳥越町の東隣の寿松院《じゅしょういん》のものだった。

夜は明けたが、朝日はまだ顔を出してはいなかった。

六平太は、三日に一度、四谷の相良道場に通っていた。

元鳥越から四谷まで行くのに、幾つもの道があるわけではない。

外神田から神田川沿いに西に向かい、お茶の水から御堀に沿って牛込《うしごめ》御門、市ケ谷《いちや》御門を経て四谷に至るというのが、一番の近道だった。

赤坂《あかさか》の方から四谷に向かう手もなくはないが、それでは余りにも遠回りである。

元鳥越から深川に行くのに、永代橋を渡るか、それとも両国橋《りょうごくばし》から本所《ほんじょ》に渡るか、はたまた、大川を船で行こうかというように、行く道を選べる楽しみも面白みもなかった。

そのせいだろうか、このところ、四谷通いに飽きが来ていた。

相良道場は、四谷伊賀町《いがまち》にある。

四谷御門から内藤新宿《ないとうしんじゅく》へと通じる往還から、市ヶ谷方面に二町ばかり下がった、武家屋敷とお先手組の組屋敷の建ち並ぶ一角にあった。

道場の門を潜った時、近くの寺の鐘が五つ（八時頃）を打った。

母屋の出入り口から中に入った六平太は、道場近くの小部屋で道着に着替えた。

稽古《けいこ》で汗にまみれた道着は、道場の下男、源助《げんすけ》が洗って、次の稽古の日までに、棚の所定の場所に置いておいてくれる。

現在、この部屋を使えるのは、六平太以外では、北町奉行所同心《どうしん》の矢島新九郎《やじましんくろう》ら三、四人ほどだ。通いの若い門人たちは、道場内か廊下で着替えるのが昔からのならわしだった。

道着に着替えた六平太は、相良庄三郎が起居する部屋に向かった。

「先生、おはようございます」

廊下に座って閉め切られた障子に声を掛けると、

「ここだよ」

庭のほうから声がして、植え込みの陰から剪定鋏《せんていばさみ》を手にした庄三郎が姿を現した。

「今日も一日、頼む」

そう口にした庄三郎が、庭から縁に上がった。

「ではわたしは」

着到の挨拶《あいさつ》をした六平太は、道場へと向かった。

歩き方、座り方から、庄三郎の腰の痛みは、既に三月《みつき》も前に完治していると六平太は感じていた。

だが、そのことを口にすると、

『六平太は、早く師範代を辞めたいのではないか』

庄三郎にそう思われそうで、腹の中に収めていた。

相良道場の稽古は、朝が五つ半（九時頃）から四つ半（十一時頃）まで、午後が八つ（二時頃）から七つ（四時頃）となっていた。朝の稽古に来るのは、勤めが非番の侍か、部屋住みの者が多く、午後は、勤めを終えた者が押し掛けた。

師範代と言っても、門人すべてを相手にすることはなく、道場主の庄三郎が稽古を眺める見所《けんじょ》に、六平太が座ることはなかった。

剣捌《さば》き、足の運びなど、気になる所があれば、実践して見せることがほとんどだった。

朝の稽古が終わると、庄三郎とともに軽めの昼餉を済ませてから、休息を取るのが習慣になっていた。

午後の稽古のあと、たまに、居残りの稽古を乞われて打ち合いの相手をすることもあったが、この日は時刻通りに終わった。

「秋月様、たったいま、矢島様がお見えになりました」

下男の源助が、六平太が着替えていた小部屋に顔を出すと、そう告げた。

矢島新九郎は、庄三郎の部屋に居るとも言い添えた。

「着替えたらおれも顔を出す」

六平太が返事をすると、源助は、汗に濡《ぬ》れた六平太の道着を抱えて部屋を出ていった。


内藤新宿に向かう往還の北側の斜面に建つ相良道場は夕刻は他所《よそ》よりも早く日が翳る。

庄三郎の部屋も七つを過ぎるとかなり薄暗くなるが、明かりを点《つ》けるほどではない。

着替えを済ませた六平太が庄三郎の部屋に向かうと、新九郎と庄三郎は、縁に並んで庭を眺めていた。

「さっき、ほんの少し稽古を覗《のぞ》かせてもらいましたよ」

新九郎が、六平太に軽く会釈した。

「市中見回りの途中だそうだ」

庄三郎が口にした通り、新九郎は定町廻《じょうまちまわ》りの同心である。

『六平太と新九郎が揃えば、二人は相良道場の竜虎《りゅうこ》と呼ばれたはずだ』

庄三郎はかつて、そんなことを口にしたことがあった。

六平太と新九郎が初めて顔を合わせてから、かれこれ五年になる。

「このところ、よく見回りに駆り出されましてね」

苦笑いを浮かべた新九郎によれば、火付盗賊改方《ひつけとうぞくあらためかた》を翻弄《ほんろう》するような押し込みが頻発しているらしい。

押し入った先で無残にも人を斬《き》り殺したり、火を付けたりと、凶悪極まりないという。

大方は捕まっているのだが、下手人の手がかりのない押し込みもあって、南北両奉行所にも目配りの指示がなされているようだ。

「どうも、このところ、荒《すさ》み、爛《ただ》れていまして、世の中おかしいですよ」

新九郎が、珍しく、ため息混じりにぼやいた。

「久しぶりに夕餉《ゆうげ》をと言いたいところだが、二人とも無理だろうな」

庄三郎が呟くと、

「まだ、見回りの途中でして」

新九郎が頭を下げた。

「六平太は、音羽《おとわ》か」

庄三郎の推察は図星だった。

四谷から音羽まで、歩いて半刻ほどの道のりである。

六平太が音羽に着いたのは、西日がそろそろ関口《せきぐち》の台地に隠れようかという頃合いだった。

江戸川に架かる江戸川橋から始まる、広く緩やかな坂道は、桜木町《さくらぎちよう》、音羽九丁目から一丁目へと、まっすぐに護国寺《ごこくじ》に通じる通りである。

通りの両側には、大寺の門前町らしく、大きな構えの呉服屋などの商家、旅籠や料理屋などが軒を並べ、ご多分に洩れず、怪しげな揚弓場《ようきゆうば》や水茶屋もあれば、岡場所《おかばしょ》もあった。

「秋月さん、今日は四谷の道場でしたか」

江戸川橋を渡って、桜木町の角を目白不動《めじろふどう》の方に曲がりかけた時、横合いから声が掛かった。

毘沙門《びしやもん》の甚五郎《じんごろう》が、右腕の佐太郎《さたろう》と並んで家を出てきたばかりだった。

「お出かけで」

六平太が、近づきながら尋ねると、

「『夕月楼《ゆうげつろう》』でちょっとごたごたがありましてね」

苦笑いを浮かべた甚五郎が、音羽五丁目の妓楼《ぎろう》の名を口にした。

「しばらくこちらにおいでで？」

「二日ばかりだが」

六平太が返答すると、

「それじゃ、そのうち、一晩どこかで酒でも」

そう笑いかけると、甚五郎は佐太郎と共に護国寺の方へと歩き出した。

料理屋の表を掃いていた下女が挨拶をすると、甚五郎は笑顔で片手を上げた。

そういう姿が、この町で人望を集めているのだ。

甚五郎は、音羽の岡場所を守るのが務めだった。

幕府公認の遊郭は吉原《よしわら》だけで、それ以外の色町は違法な場所だった。

しかし、男の数が圧倒的に勝る江戸では、浅草の外れにある吉原よりも、手軽で身近に遊べる、品川、深川、根津《ねづ》、音羽などが好まれたこともあって、〈黙認〉されていた。

その代わり幕府は犯罪の防止、無法者の取り締まり、犯罪者の引き渡しを各岡場所に課した。岡場所で犯罪が起きれば潰《つぶ》されるか営業停止を命じられる恐れがあった。

音羽でそれを防ぐ役目を負っていたのが甚五郎だった。

町に雇われた自警団でもあったが、今では、富くじの開催などで境内が賑わう護国寺はじめ、行楽の人の集まる近隣の寺社の警護も引き受けていた。

甚五郎たちと別れた六平太は、雑司ヶ谷《ぞうしや》に通じる目白坂をゆっくりと上っていた。

関口台町《だいまち》の向こうに日が沈んだばかりで、坂道の彼方《かなた》に夕焼けがあった。

その夕焼けを背に、見慣れた人影が道を下ってきた。

台箱を下げ、高下駄を履いた足で長い前垂れを翻して歩く姿は廻《まわ》り髪結い以外になく、顔は見えなくても、おりきだと分かった。

「おや、今日は四谷でしたか」

おりきが、先刻の甚五郎と同じようなことを口にした。

「うん。そうさ」

六平太が足を止めた。

行き会った六平太とおりきは、坂の途中の団子屋と念珠屋の間の小路へと入った。

念珠屋の奥が、神田上水の際に建つおりきの借家である。

おりきがかつて住んでいた小日向水道町《こびなたすいどうちょう》の家は、子供のいる夫婦者の住まいになっていた。

おりきに続いて家に上がった六平太は、部屋の障子を開けた。

神田上水の水音がひと際高く届いた。

六畳二間の家だが、上水側に細長い庭があり、なによりも風呂場《ふろば》付きというのが、おりきを喜ばせた。

「どうしようねぇ。八つ過ぎに出かけたもんだから、晩の支度はなにもしてないんだよ」

台箱を置くと、おりきは、火の気のない長火鉢の縁に凭《もた》れかかった。

「じゃあ、菊次《きくじ》のとこへでも行こうじゃないか」

六平太が口にした菊次というのは、以前、甚五郎の身内だった男である。

今は、音羽八丁目の裏通りの居酒屋『吾作《ごさく》』を一人で切り盛りしていた。

「『吾作』はいいね」

「じゃおれは、風呂でも沸かすとするか」

「風呂の水を溜《た》めてからだよ」

「わかってるよ」

六平太は縁に出ると、風呂の焚口《たきぐち》のある庭に下りた。

おりきは台箱の引き出しから髪結いの道具を出すと、紙で拭《ふ》きはじめた。

夕日の色の消えた庭に、上水の水音が一層高く届いていた。

三

湿っていたのか、粗朶《そだ》の火がなかなか薪《まき》に燃え移らず、白い煙ばかりを出していた。

木箱を椅子《いす》代わりにして、風呂場の焚口に腰掛けていた六平太は、何度か煙に眼を瞬《まばた》かせてしまった。

やっとのことで、火が点くと、すかさず薪を二本くべた。

その薪に炎が巻き付いたのを見て、六平太が、ふうと、安堵《あんど》の吐息をついた。

おれが、女の家で風呂焚きか――ふと、胸の中で呟いてしまった。

風呂焚きは男の仕事ではないなどというのではない。

所帯じみたことをなんの屈託もなくやっている己に気付いて、妙な気になったのだ。

何年か前、おりきと、所帯を持つかどうかの話をしたことがあったが、いつの間にか立ち消えになった。

「このままの形でいこうよ」

おりきにそう言われて、六平太も承知したのだった。

二人の間に大きな波風が立ったことはなかった。

だが、文政から天保に元号が替わった年、おりきが行方をくらませたことがあった。

六平太にも、周りの誰にも、行先もその訳も言わずに音羽から姿を消した。

それから一年ほどが経った天保二年の師走になって、ようやくおりきの消息が分かった。

毘沙門の甚五郎の尽力で、相模《さがみ》の神奈川宿の旅籠で住み込み奉公をしていると知れた。

しかし、六平太は会いに行こうとしなかった。

なにも、心が離れていたからではない。

黙って姿を消したおりきの心中が皆目わからなかったからだ。

江戸を離れて一年以上も経っていれば、行った先で好いた男の一人も出来たかもしれなかったし、六平太が嫌で去ったと言われるかもしれなかった。

当時を思い出して苦笑いを浮かべた六平太が、薪をもう一本、焚口に差し入れた。

庭はすっかり夕闇に包まれていたが、風呂の焚口の辺りだけが、あかあかと炎に照らされていた。

おりきの居場所が分かっても、なにも動こうとしない六平太に焦れたのは、佐和だった。

佐和と甚五郎は連れ立って神奈川宿へ出向いたのだ。

六平太がそのことを知ったのは、佐和と甚五郎が神奈川宿から帰った後だった。

「秋月さん、佐和さんと二人しておりきさんに会って来ましたよ」

そう甚五郎は切り出した。

甚五郎と佐和の話では、おりきが六平太に嫌気がさしたとは思えないとのことだった。

「あの時は、たしかに何か思いがあって音羽を出たんですがね」

そう口にしたおりきは、

「でも、一年以上も経つと、それが何だったのか、今じゃ自分でもよく分からないんですよ」

真顔で返答したという。

それが本当のことだったのかどうか、未《いま》だに六平太は知らないし、確かめようとも思わなかった。

「兄が会いに来たら、会ってくださいますか」

佐和が尋ねると、

「六平《ろっぺい》さんが、のこのこ会いに来ますかねぇ」

そう言って、おりきは笑ったという。

伝法《でんぼう》な物言いをしたおりきの様子が眼に浮かんで、すっかり気が楽になった六平太が神奈川宿に向かったのが、一昨年、師走の半ば過ぎだった。

神奈川宿に着いた翌日、おりきが働く旅籠に出向いた。

「あら」

「よぉ」

久しぶりに顔を合わせた二人が最初に口にしたのは、それだけだった。

海の望める茶店《ちゃみせ》に場所を替えて、半刻ばかりとりとめのない話に終始した。

どちらからも、『帰ってこい』とか『帰ろうか』という言葉は出なかった。

「毘沙門の親方によれば、帰るにしても、借りてたわたしの家には人が入ってるようだね」

別れ際、そう口にしたおりきに、江戸に帰る気があると、六平太は感じた。

「なんなら、おれのとこに来ねぇか」

六平太の言葉に、一瞬戸惑ったおりきは、

「やっぱり、音羽がいいよ」

笑みを浮かべた。

江戸に戻って来た六平太は、年を越すとすぐ、借家の口利きを甚五郎に頼んで、おりきを迎える支度にとりかかった。

おりきが音羽に帰って来たのは、一年前、天保三年の三月だった。

辞めていく自分の穴を埋める住み込みの下女が見つかってから、おりきは神奈川宿を離れたのだ。

「六平さん、湯は熱いくらいだよ」

風呂場の窓の中から、おりきの声がした。

「おう」

六平太は、風呂の焚口から腰を上げた。

庭は、すっかり暮れていた。

「風呂は、飯から戻ってからにしようじゃないか」

六平太が持ちかけると、

「そうだね」

風呂場から縁側に出てきたおりきが、雨戸を閉め始めた。


居酒屋『吾作』の提灯《ちょうちん》は、音羽八丁目の裏道の角に下がっていた。

前の主の吾作が店を始めた当初から風雪に晒《さら》されてきた提灯だけに、文字も色褪《いろあ》せ、紙もかなり傷んでいる。

「おいでなさい」

六平太とおりきが、連れ立って店の中に足を踏み入れると、菊次の声が掛かった。

板場の菊次が、包丁を持つ手を止めて、

「奥が空いてます」

と、店の奥の方を顎で指し示した。

「飯がまだだから、適当に頼むよ」

六平太は、菊次に声を掛けると、奥の卓でおりきと向かい合った。

仕事帰りの職人や、夜も賑わう門前町に繰り出そうという連中で、店内は六、七分の客の入りだった。

閉め切った冬場だと、薪の煙やら熱気、それに煮炊きの匂《にお》いが立ち込めるのだが、入り口の戸と奥の障子が開けてあるせいで、風の通りがよく、煙も匂いも流れた。

客に料理を運ぶとすぐ、菊次が六平太とおりきの卓に、盃《さかずき》を二つと酒の徳利《とっくり》を置いた。

「料理はおいおい出しますから」

軽く頭を下げて、菊次は板場へと引っ込んだ。

酌をし合った六平太とおりきが、盃を呷《あお》った。

菊次は、この店を一人で営んでいる。

先代の店主、吾作が不慮の出来事で死んだあと、古い顔馴染だった小唄《こうた》の師匠、お照《てる》が店を引き継ぎ、菊次は、雇われた料理人のもとで修業をするために板場に入った。

それから一年以上が経って、『もう大丈夫』と太鼓判を押された菊次は、板場に一人で立つようになった。

『吾作』のお運びをしていたのはお照と養女の八重《やえ》だったが、その二人は昨年の夏、音羽から内藤新宿に住まいを移していた。

「八重ちゃんが、こっちに顔を出すことはねぇのかな」

六平太が、ごく小さな声で、おりきに尋ねた。

「こっちって、音羽のこと？」

おりきも、声をひそめた。

六平太が頷くと、

「わたしは見かけないし、お八重ちゃんを見たって話もきかないねぇ」

囁《ささや》いて答えたおりきが、板場の方にちらりと眼を遣《や》って、盃を口に運んだ。

菊次と、お照の養女八重との間には、一昨年、込み入った出来事が起きた。

甚五郎の身内だった時分から、菊次は八重に恋情を抱いていたが、それをはっきり口にすることはなかった。

八重は、一昨年、音羽の小間物屋の次男坊を好きになった。

その次男坊の、女に関しての悪い噂《うわさ》を耳にした菊次は、八重に苦言を呈したのだが、かえって反発を食らったうえに、いい加減な作り話だと詰《なじ》られて、二人の間は決裂した。

だが、菊次が危惧《きぐ》したとおり、八重は、次男坊にいいように遊ばれた挙句、他の女に乗り換えられてしまったのだ。

八重は、失意のどん底に落ちた。

傷心を癒《いや》すには転居に限ると、お照は周りに説明したが、音羽から離れるのを望んだのは八重だろうと、六平太は推測していた。

　忠告を聞き入れなかったうえに、作り話だとまで言い切って菊次を詰った八重は、おそらく、音羽に居づらくなったのだと、六平太は思っている。

酒を飲み、料理を何皿か平らげると、六平太もおりきも腹が満ちた。

先客だった連中は既に居なくなって、六平太たちの後から入った武家屋敷の中間《ちゆうげん》らしい男が二人、酒を酌《く》み交わしていた。

「人に聞くと、姐《ねえ》さんは忙しく飛び回ってお出でのようで」

料理作りの一段落した菊次が、六平太とおりきの卓の近くに樽《たる》を置いて腰掛けた。

「神奈川宿からまっすぐ、六平さんの長屋に転がり込んだほうが楽だったかもしれないねぇ」

「嫌だと言ったのは、誰だよ」

六平太が軽く嫌味を放つと、おりきがふふふと笑った。

「いやぁ。おりき姐さんは、音羽がお似合いですよ」

そういうと、菊次がおりきの盃に酒を注いだ。

「似合いかどうかはともかくさぁ、門前町の、しかも色町のあるほうが女のお客が多いから、髪結いのわたしには極楽だよぉ」

謳《うた》うように口にすると、盃の酒をくいっと飲み干した。

「あ。そうだ、兄ぃ」

軽く膝を打った菊次が、六平太に体を向けた。

「この前、護国寺門前の『あかね屋《や》』んとこで、雑司ヶ谷の作蔵《さくぞう》さんとばったり会ったんですよ」

菊次によれば、作蔵は竹細工を小間物屋に届けに来たという。

「そん時、秋月さんはいつ頃音羽に見えますかねぇなんて、なんだか会いたがってる様子でしたがね」

そう言って、菊次が大きく頷いた。

雨かと思って目覚めると、隣におりきの布団はなかった。

部屋の障子が白いのは、縁の雨戸が開けられているせいだ。

雨音だと思ったのは、神田上水の水音だった。

おりきが以前暮らしていた小日向水道町の家でも、一年前から住んでいるこの家でも、雨かと思い違いをすることがたまにあった。

起き出して茶の間に行くと、長火鉢の傍《そば》に、布巾《ふきん》の掛かった膳《ぜん》が一つ置いてあった。

六平太のために、おりきが置いたものだろう。

いつも片隅に置いてある台箱がなかったから、おりきは早々と髪結いの仕事に出かけて行ったようだ。

洗顔をし、味噌汁《みそしる》を温めなおして朝餉《あさげ》を済ませた六平太は、千草色の着流しに身を包んで、関口駒井町《こまいちょう》の家を出た。

団子屋と念珠屋の間の小路を通って目白坂に出た六平太は、思わず空を見上げた。

八割がた雲に覆われていたが、いますぐ雨が降るような気配はない。

覆った雲の彼方から、かすかに雷の音がした。

稲光は見えないが、二、三度、遠雷が聞こえた。

春雷という響きに風情はあるが、季節の変わり目のこの時期、よく天候が荒れるから気を付けなければならない。

嵐《あらし》の前兆でなければいいが——そんなことを念じつつ、六平太は坂道を上りはじめた。

目白坂の先の雑司ヶ谷に、昨夜、居酒屋『吾作』で菊次が口にした、作蔵の家がある。

主家を追われて浪人となった直後の十数年前、無頼の日々を送っていた六平太は、雑司ヶ谷で喧嘩相手に襲われて、瀕死《ひんし》の重傷を負った。

そんな六平太を家に運び、手当てをしてくれたのが、作蔵の父、弥兵衛《やへえ》だった。

代々、土地も山も持っている百姓だったが、自前の竹を使って細工物を作るのが本業のようになっていた。

弥兵衛は十年以上も前に死んだが、父親の薫陶を受けた作蔵の竹細工は、あちこちの小間物屋にも置かれて、茶や生け花の師匠など、粋人《すいじん》からの評価も高かった。

雑木林の小道の向こうに、作蔵の家が見えた。

訪ねるのは、去年の秋以来になる。

「あ。秋月のおじさん」

驚いたような声を発したのは、作蔵の倅《せがれ》、弥吉《やきち》だった。

今年十三になる弥吉は、同じ年恰好《としかっこう》の若者と二人で、青竹を鋸《のこぎり》で短く切っていた。

弥吉と一緒に居た若者から小さな会釈を向けられた六平太は、黙って頷いた。

近所に住む弥吉の友人だろう。

「こりゃ、秋月さん」

母屋の奥から出てきた作蔵が、縁側から声を掛けた。

「この前、『吾作』の菊次に、おれのことで声を掛けたと聞いたもんだからね」

そう返事しながら、六平太が縁側に近づいた。

「あの子、分かりませんか」

作蔵が、六平太に会釈をした若者を指した。

え――腹の中で呟いた六平太が、弥吉の横に立っている若者へと視線を巡らせた。

「穏蔵《おんぞう》か」

六平太の声がかすれた。

「そうですよ」

作蔵が、笑い顔で頷いた。

六平太がまじまじと見つめると、穏蔵がおどおどと眼を伏せた。

「わたしも最初は穏蔵だとは分かりませんでしたよ。なにせ、最後に見たのは、四年ばかり前でしたから。子供の四年というのは、筋骨も逞《たくま》しくなって顔付きも変わったりと、大きく様変わりしますからねぇ」

作蔵が口にした通り、以前見た時より背丈も五尺二、三寸ほどに伸び、肩幅も広く逞しくなっていた。

少年から青年へと成長していた。

「いくつになった」

「十五です」

穏蔵は、年を忘れていた六平太を責めることなく、小声で返事をした。

作蔵の家の周りに聳《そび》える高木が、さらさらと葉の音をさせている。

依然、日は射さないものの、天候が崩れる様子はなかった。

六平太は、縁側に近い作業場近くで、作蔵と並んだ穏蔵と向き合っていた。

庭から、弥吉が竹を切る音が届いていた。

「穏蔵は、今年の一月に江戸に来ていたんですよ」

作蔵が、そう切り出した。

穏蔵は、八王子《はちおうじ》で養蚕を業とする養父、豊松《とよまつ》の絡みで、日本橋の絹問屋『京屋《きょうや》』に住み込みで奉公をはじめたという。

ところが、江戸で一番の商業の中心地、日本橋での仕事や暮らしに、内気な性格の穏蔵は精気を失っていった。

心配した『京屋』が、二月になって豊松を江戸に呼んで話し合いをしたのだが、その時、穏蔵は奉公を続けると口にした。

「でも、やっぱり無理をしてたようで、十日前に『京屋』から逃げ出して、うちに現れたのは三日前でした」

作蔵が、そう説明した。

「雑司ヶ谷に来るまで、どうしてたんだ」

六平太が尋ねると、穏蔵は俯《うつむ》いて黙り込んだ。

「少し金を持ってたようで、食べるものに苦労はなかったようです。『京屋』を出たものの、この先どうしようか迷いながら町をうろうろしていたんだそうです」

穏蔵の代わりに、作蔵が口を利いた。

町をうろついた穏蔵は、人に道を聞いて音羽を目指したという。

「音羽に着いて、穏蔵が最初に訪ねた先はどこだと思います？」

作蔵が、六平太の顔を覗き込んだ。

「毘沙門の親方のとこか、菊次のとこだろう」

「おりきさんの家に行ったというんですよ。だろう」

と、作蔵が穏蔵を見た。

おりきの家に行ったものの、そこには知らない家族が住んでいたので、雑司ヶ谷の作蔵の家に向かったという。

「それで、お前はこの先どうするつもりだ」

六平太は、努めて穏やかな声を穏蔵に向けた。

「もう、お店奉公はしたくありません」

穏蔵が、俯いたまま返事をした。

「したくないったって」

「わたしには、無理です」

六平太の言葉を遮るように、穏蔵が言い放った。

口ぶりにも、俯いたその姿勢にも、穏蔵の頑《かたく》なさが窺《うかが》えた。

「作蔵さん、どうだろう。八王子に知らせて豊松さんに来てもらって、一度話し合いをするっていうのは」

「それしかありませんね」

作蔵が、大きく頷いた。

そして、豊松が来るまで、穏蔵を雑司ヶ谷の家に置くことも、作蔵は快諾してくれた。

四

目白坂を下る六平太の耳に、またしても春雷の音が微《かす》かに届いた。

作蔵の家で昼餉を御馳走《ごちそう》になった六平太が、おりきの家に帰り着いたのは、九つ半時分（一時頃）だった。

髪結いの出先から、おりきが戻った様子はなかった。

六平太は、長火鉢の下の物入れから紙と矢立《やたて》を取り出した。

「六平さん、居たのかい」

玄関の方から声がして、台箱を下げたおりきが茶の間に入ってきた。

「元鳥越に戻るって、書置きを残していこうとしたところだ」

六平太は、矢立と紙を元の場所にしまった。

「昼餉がまだなら、これから一緒に食べて、それから元鳥越に帰ったらいいじゃないか」

「昼餉は、作蔵さんの所で済ませたんだ」

六平太は、雑司ヶ谷の作蔵の所に顔を出したことを告げた。

「作蔵さんとは随分会ってないが、お達者だろうね」

「あぁ。達者だ」

そう答えた六平太が、

「作蔵さんの家に、穏蔵が居やがったよ」

苦笑いを浮かべて、日本橋の奉公先から逃げ出した一件を告げた。

穏蔵が六平太の実子だということを、何年か前、おりきには打ち明けていた。

十数年前、浪人になって世を拗《す》ねていた六平太は、江戸の盛り場を渡り歩いていた。

気の置けない女が何人かいた。

その中の、おはんという板橋の女が、六平太の子を身籠《みご》もった。

六平太は、水子にするよう命じたのだが、おはんは拒んだ。

「勝手にしろ」

捨て台詞《ぜりふ》を残して、六平太はおはんの前から逃げた。

逃げてから一年近くが経ったころ、おはんを訪ねると、男児を産んでいた。

その男児が、穏蔵だった。

六平太は、おはんと穏蔵の長屋に腰を落ち着けることはなく、たまに訪ねては金を置いていくという状態を続けた。

穏蔵が三つの時、おはんが病で死んだ。

定まった仕事のない六平太は、子を育てられる自信はなく、作蔵の父、弥兵衛の伝《つ》手《て》によって、八王子で養蚕業をする豊松に、養子として穏蔵を託したのだった。

「いつになるか知れないが、豊松さんがこっちに来たら、話し合うことになってるから、また顔を出すよ」

そう言って玄関に向かいかけて、ふと足を止めた。

「そうそう。音羽に来て、穏蔵が最初に訪ねたところは、おめぇが昔住んでた小日向水道町の家だったそうだ」

六平太が笑みを浮かべた。

「甚五郎の親方のところでもなく、菊次の所でもなく、おりき姐さんの家だったとは、泣かせるじゃねぇか」

「元鳥越の市兵衛店に行かなかったことで、妬《や》いてるんですか」

「そうじゃねぇよ」

六平太は、笑顔で片手を打ち振った。

「あたしんとこに行けば、お父っつぁんがいるに違いないと、稔蔵さんは、そう思ったんですよぉ」

おりきが口にした『お父っつぁん』という一言が、六平太には重かった。

親の真似事すらして来なかったという思いが、チクリと胸を刺した。

朝から雲に覆われていた江戸の町は、夕刻になると、いつもより早く暗くなったような気がする。

西の空に、夕焼けの色さえなかった。

七つ半（五時頃）だというのに、黄昏のような甚内橋《じんないばし》を渡った六平太は、松浦《まつら》家前の辻番所を通り過ぎて、鳥越明神脇の小路へと入り込んだ。

葉の繁《しげ》る枝を境内から張り出した楠《くすのき》の大木のお蔭《かげ》で、小路は表通りよりも更に薄暗い。

突然、ぱたぱたと草履の音がして、鳥越明神の境内から黒い人影が五つばかり、行く手に飛び出して来た。

「あぁ、こいつだよ」

一人の男が、六平太を見てだみ声を出した。

だみ声を出した髭面の男に、見覚えがあった。

「浪人よぉ、洲崎の浜じゃ、うちの売り子たちを痛い目に遭わせてくれたそうだな」

着流しのぎょろ眼の男が、懐《ふところ》に手を差し込んだまま、六平太を睨《にら》みつけた。

髭面の男は、『飛驒屋』の潮干狩りの日、勝太郎とおきみに砂を掛けた連中の一人だった。

「借りは返すぜ」

ぎょろ眼の男が低い声を出すと、一気に匕首《あいくち》を引き抜いた。

髭面の男と他の三人の若い男たちも、一斉に匕首を抜いて、六平太を取り囲んだ。

「てめぇ！」

最初に突っ込んできたのは、髭面の男だった。

軽く体《たい》を躱《かわ》した六平太が、匕首を持った男の右腕を抱え込むと、地面に放《ほう》り投げた。

「野郎」

ぎょろ眼の男が繰り出した匕首には、鋭さがあった。

幾つもの修羅場を潜ったような凄みが垣間見《かいまみ》えた。

六平太は脇差《わきざし》を抜くと、峰《みね》を返した。

「殺してやるっ」

そう口走った男と、別の男が、左右から同時に、六平太の脇腹を目掛けて突っ込んできた。刃物沙汰《ざた》に慣れたやり口だった。

咄嗟《とっさ》に後ろに下がった六平太は、右側から来た男の腕に峰打ちを食らわせるとすぐ、左から来た男の腕を、脇差を下から振り上げて峰打ちにした。

腕が利かなくなった男二人と髭面の男は、痛みに顔を歪《ゆが》めて戦意を喪失していたが、ぎょろ眼の男とへっぴり腰の若い男は、意地になって六平太に襲い掛かった。

だが、六平太はあっという間に、ぎょろ眼の男の肩と若い男の太腿《ふともも》に峰打ちを浴びせて、動けなくした。

「すまねぇ。自身番に行って、目明かしをここによこすよう言ってくれ」

小路を通りかかった左官の半纏《はんてん》を着た男に、六平太が用を頼んだ。

「お前らは、何者だよ」

六平太は、動けなくて道端に座り込んだ男たちに声を掛けた。

「香具師だよ」

ぎょろ眼の男が、不貞腐《ふてくさ》れたように口を開いた。

深川洲崎の浜で土地の物売りと諍《いさか》いを起こした物売りに、品物を卸している香具師の一党だと判明した。

素浪人一人に追い払われるとは何事だ——香具師の親方の勘気に触れて、子分たちが六平太への意趣返しを図ったものと分かった。

四半刻もしないうちに、目明かしと下っ引きを連れて左官が戻って来た。

「おれは、北町の同心、矢島新九郎と同じ道場の門人だが」

そう前置きをしてから、痛めつけた経緯を説明し、男どもを縛るよう目明かしに依頼した。

新九郎の名前を出したのが大いに効いて、目明かしと下っ引きが、あっという間に五人の男たちを縛り上げた。

六平太は、大川の東岸、両国東広小路《ひがしひろこうじ》を竪川《たてかわ》の方へと向かっていた。

日はとっぷりと暮れていたが、広小路周辺の料理屋などに、ぽつぽつと軒行灯《のきあんどん》の明かりがともっていた。

六平太は先刻、縛り上げた香具師の子分たちを、目明かしと下っ引きに引かせて、まずは浅草へと向かった。

浅草聖天町《しょうでんちょう》に住む、妹佐和の亭主、音吉に頼みたいことがあった。

「音吉さんは、『ち』組の頭の家に居ると思うけど」

家にいた佐和が、六平太にそう返事をした。

十番組『ち』組は、鳶《とび》人足五十人ほどの、音吉が纏《まとい》持ちを務める浅草の火消しである。

「こいつらを一晩、『ち』組で預かってもらいたいんだ」

『ち』組を訪ねた六平太は、縛り上げた男どもとの因縁を、音吉と、組の頭に説明した。

「ここにゃ、若い者が十人は詰めてますから、お任せくださいよ」

組頭が快諾してくれた。

そこで目明かしと下っ引きを引き上げさせて、六平太は一人、本所へと向かったのだ。

縛り上げた男どもの親方は、本所緑町《みどりちょう》に住む和藤治《わとうじ》という男で、竪川の緑河岸《みどりがし》に近いということもあって、緑河岸の親方とも呼ばれている香具師の元締だった。

香具師というのは、寺社の祭礼や縁日など、人出の多いところで見世物《みせもの》興行をしたり、様々な品物を露店で売る者のことである。

だが近年は、売り手に品物を卸したり、店出しの場所を割り振ったりするほか、縄張りを荒らしに来る者から身内の売り子を守る戦闘集団の様相を帯びていた。

緑町の和藤治は、回向院《えこういん》と東広小路一帯を縄張りにしていたが、近ごろは、他所の縄張りに食指を伸ばしているらしい。

「和藤治に会いたい」

和藤治の家の土間に足を踏み入れるなり、六平太が声を張り上げた。

板張りで花札に興じていた四人の男たちが、六平太を見て腰を浮かせた。

すぐに足音がして、更に五、六人ばかりの浪人も混じった男たちが奥から飛び出して来た。

何人か、気の早い男が懐に手を差し込んだ。

「誰だおめえは」

奥から出てきた男の中の一人が、鋭い眼を六平太に向けた。

「浅草元鳥越の秋月ってもんだが、和藤治の身内と名乗る奴らに刃物を向けられたんで、痛い目に遭わせて縛り上げたよ」

静かに説明すると、板張りの男どもが体を強張《こわば》らせて、黙り込んだ。

突っ立った男どもを掻き分けるようにして現れたでっぷりした男が、六平太の前に立った。体に似合わず眼の細い男は、四十半ばに見えた。

「和藤治さんか」

「あぁ」

六平太の問いに、しわがれた声で答えると、

「用はなんだ」

「洲崎の仕返しに子分を差し向けたくせに、用はなんだとは笑わせる」

六平太が鼻で笑った。

「縛り上げたうちの者を、どうした」

和藤治の声は依然低い。

六平太が、浅草の火消し、十番組『ち』組に預けていると口にすると、和藤治にも子分たちにも動揺が走った。

「五人の破落戸《ごろつき》どもなんぞ、滅多なところには預けられないが、命知らずの火消しの若い衆の詰めてるところなら、馬鹿な真似はするまいと思ってね」

六平太は、和藤治の出方次第では、知り合いの同心に引き渡すとも脅し、さらに、

「浅草の火消しに頼んで、近隣の寺々、神社に和藤治の悪評を吹聴《ふいちよう》させれば、回向院で采配が振れなくなるということにもなるぜ」

六平太は、努めて穏やかな口調で説いた。

「あんたの望みは、なんだ」

細い眼を一層細めた和藤治が、かすれ声を出した。

「簡単な話さ。二度と、おれに意趣返しをしねぇことだ」

六平太の返答に、信じられないものでも見たように、眼を丸めた。

「それだけで、押し掛けて来たのか」

「直《じか》に会って話したほうが、おれの思いを分かってくれると思ってね」

六平太が、笑みを浮かべた。

「もう、手出しはしねぇよ」

和藤治は、自棄《やけ》のような物言いをした。

「それじゃ」

表に向かいかけて、六平太が足を止めた。

「ひとつ聞きたい。お前さん方、洲崎で痛めつけたのがおれだと、どうして分かったんだ」

「そんなこたぁ、すぐさ」

和藤治が、はじめて薄笑いを浮かべた。

和藤治の手下が、深川一帯の船宿に当たって、六平太が暴れた日に屋根船を雇った先を調べ上げたという。

その結果、浪人が乗っていたのは、材木商『飛騨屋』が仕立てた屋根船らしいと見当がついた。

木場の『飛騨屋』周辺で浪人者のことを聞くと、神田辺りの口入れ屋から派遣されて来る付添い屋だろうという話も出た。

『飛騨屋』の奉公人にさり気なく尋ねると、口入れ屋は、岩本町《いわもとちょう》の『もみじ庵《あん》』だと分かった。

「浪人に向かって、秋月六平太と声を掛けた野郎がいたそうだから、あとは簡単だ。うちの若い者に『もみじ庵』に行かせて、住まいを聞いたのさ」

淡々と和藤治が説明した。

「分かったよ」

そう声を掛けて、六平太は和藤治の家を後にした。

緑河岸の道を大川の方に歩きながら、香具師の情報収集力や探索能力には恐るべきものがあると、妙に感心していた。

五

朝暗いうちに目覚めた六平太は、久しぶりに飯を炊いた。

市兵衛店によく顔を出す小僧から蜆《しじみ》を買って、味噌汁の具にした。

路地に朝日の射し込む六つ半（七時頃）時分には、朝餉を終えていた。

のんびりと茶を飲んだ後、寝所にしている二階の部屋に上がって、畳んでいた着物を三枚、押入れから出した。

佐和に頼んで、綿入れを袷《あわせ》にしてもらわなければならない時節になっていた。

長年、古着の仕立て直しで生計を立てていた佐和は、着物を仕立てる腕をも持っていた。

「秋月さん、すいません、ちょっと下へ」

階下から、大家の孫七の声がした。

着物はそのままにして、六平太は階段を降りた。

「この前話してたお人が、隣に入られましたんで顔つなぎを」

路地から顔を差し入れていた孫七が、笑顔で促した。

「おう」

土間の草履に足を通して、六平太は孫七の待つ路地に出た。

留吉の女房、お常が、恰幅《かっぷく》のいい五十ばかりの男を前に、口に手を当ててけらけらと笑っていた。

「こちらが、今日から市兵衛店の住人になられます」

孫七が六平太に紹介すると、

「秋月さん、こちら弥左衛門《やざえもん》さんと仰《おっしゃ》るんだって」

お常が横から割り込んだ。

「弥左衛門と申します」

弥左衛門が、温厚な笑みを湛《たた》えて六平太に会釈をした。

孫七によれば、弥左衛門は粕壁《かすかべ》で箪笥を商っていたのだが、そこを養子に任せて、生まれ育った江戸でのんびりと隠居暮らしをするのだという。

装《な》りからしてお店者だとは思ったが、もとは商家の旦那らしく、値の張りそうな羽織を着ていた。

「ええと、粕壁っていうと、どのあたりになるんだい」

お常が、独り言を口にして首を捻《ひね》った。

「日光《にっこう》街道と奥州《おうしゅう》街道の通り道だよ。千住《せんじゅ》、草加《そうか》、越谷《こしがや》の先の宿場さ」

六平太が口を開いた。

「へぇ。だけどさ、隠居暮らしするんだったら、なにもこんな裏店じゃなくたって、ねぇ」

六平太が聞きたかったことを、お常が堂々と口にした。

「こんなってね、お常さん」

孫七が軽く口を尖らせた。

「なにも、ここが酷《ひど》いとこだって言ってるんじゃないんだよ。普通、のんびり暮らすなら、騒々しい長屋よりも、根岸《ねぎし》とか染井《そめい》みたいに鄙《ひな》びたところにするだろう」

お常が向きになった。

「いやぁ、粕壁も結構鄙びたところでしたから、賑やかなところにしようと決めたのですよ」

弥左衛門が笑みを零《こぼ》した。

「それに、一人暮らしですから、この二階家で充分です。聞くところによると、こちらの秋月様は剣術の師範代をお務めだとか。そういうお方がいらっしゃる長屋は、心強いというものですよ」

「そりゃそうだ」

弥左衛門の説明に感心したお常が、大きく頷いた。

「それでは今後ともよろしく」

腰を折った弥左衛門は、孫七に従って木戸を潜り、表通りの方へと向かった。

「おぉ、佐和さん、お久しぶり」

木戸の外から孫七の声がしてほどなく、佐和が木戸を潜って来た。

「お常さん、こんにちは」

「大家さんの声で分かったよ。用事が済んだら、佐和ちゃん、うちにも顔をお出しよ」

そういうと、お常は自分の家の中に入って行った。


畳んでいた綿入れの着物を持って、六平太は二階から階下に降りた。

「着物の直しもあって、丁度よかったわ」

風呂敷を広げながら、佐和が笑った。

「なんだ。そのことで来たんじゃないのか」

「音吉さんに言付《ことづ》かって来たのよ」

そう口にした佐和が、六平太から着物を受け取って風呂敷に包み始めた。

音吉は、六平太のところに出向いて直に伝えたかったが、組頭の用を言い付かって上野に行くことになったという。

「それで、わたしが代わりに伺いました」

そう口にした佐和が、風呂敷を結び終えた。

「音吉さんの用ってのはなんだい」

「昨夜、『ち』組で預かった男の人たちは、今朝早く、緑河岸の和藤治という元締が迎えに来たので引き渡しましたと、そう伝えてもらいたいということでした」

「そうか。迎えに来たか」

「なんでも、組頭のところに角樽《つのだる》を置いて行ったそうよ」

「ほう」

六平太が、思わず声を洩らした。

意地と度胸で渡世を生きてきた香具師の元締が、どんな面をして子分を引き取りに来たのか、見てみたかった。

「それじゃわたしは」

風呂敷包みを抱えて佐和が立ち上がった時、戸口の外に人影が立った。

「忠七《ちゆうしち》さん」

六平太の口から、思わず名が出た。

神田の口入れ屋『もみじ庵』の親父が、わざわざ六平太を訪ねることなど、滅多にないことだった。

「お前も名前は知ってるだろう。神田の口入れ屋『もみじ庵』の忠七さんだ」

「あぁ」

佐和が、座りなおして忠七に手を突いた。

「聖天町に嫁いだ、妹ですよ」

六平太が口にすると、土間に入って来た忠七が佐和に頭を下げた。

「では、わたしは」

土間に下りた佐和が、忠七に会釈して路地に出かかると、

「秋月さんにお話があってまいりましたが、お妹さんにも是非聞いていただきたいと思います」

忠七が、思いつめたような顔つきで一気に口を開いた。

様子をうかがう佐和に、六平太は頷いてみせた。

「そしたら、ともかくお上がりを」

佐和に促されて土間を上がった忠七に、六平太が長火鉢の近くへと勧めた。

「わたしはお茶の用意をしますから、どうぞ、お話を」

土間に立っていた佐和は、竈《かまど》で火を熾《おこ》し始めた。

長火鉢を挟んで座った忠七の顔は相変わらず深刻で、いつも見慣れた頬骨が、今日は殊更尖って見えた。

「秋月さん」

忠七から、抑揚のない声が出た。

「あれは、十月《とつき》前でしたな。恩のある道場の主が怪我を負ったので、師範代を務めなくてはならなくなったと。ついては、付添い屋も辞めざるを得ないとも、そう仰った」

「うん」

忠七の言うことに間違いはなかった。

「方々のお得意様から名指しをされる秋月さんを失うことは、わたしとしては辛《つら》くも、残念なことではありましたが、剣術の師への恩義に免じて、承知するほかなかったのでございます」

「いや。忠七さんにはお礼の申しようもなく」

六平太はいささか口ごもった。

忠七が何を言いに来たのか、さっぱり見当がつかない。

「付添い屋を辞めるとまで口にした秋月さんが、よもや、わたしに隠れて付添い稼業をしてお出でだとは、思いもしませんでした」

「なにっ！」

思いもよらない忠七の言いように、六平太の声が裏返った。

「兄上、それは本当ですか」

竈の前の佐和が立ち上がった。

「冗談じゃない。四谷の道場に通うことになってから、付添い屋稼業は封印してるよ」

佐和に向けて抗弁した六平太が、大きく息を吐いた。

「昨年五月の大川の川開きには、日本橋の呉服屋『結城屋《ゆうきや》』の船にお乗りになった。秋には、木場の『飛騨屋』さん、本郷の味噌問屋さん一家と、それぞれ、紅葉《もみじ》狩りにいらっしゃった。十一月の顔見世興行には、商家の娘さんを連れて、二度もお行きになったとも、噂で聞いてます」

余りのことに、六平太は声も出なかった。

「兄上、そうなんですか」

「いや。そりゃ、行った覚えはあるが、あれは、付添いではなかったんだ。一緒に行かないかと誘われて、ついて行っただけで、だから、付添い料など一切受け取ってはいない」

それは、嘘《うそ》ではなかった。

日本橋の呉服屋にしても、木場の『飛騨屋』にしても、かつての御贔屓《ごひいき》に客として招かれただけだった。

「そんな秋月さんが、まさか、わたしを欺くようなことはなさるまいと信じていたのですが」

「おい、親父、その物言いはなんだ」

奥歯にものの挟まったような忠七の口ぶりに、六平太はいささか腹を立てていた。

「今月の五日、木場の『飛騨屋』さんの船で潮干狩りにお出でになりましたね」

「あぁ、行った」

「それには、わたしも」

佐和が口を挟んだ。

「その翌日、秋月さんの住まいを聞きに来た香具師の一人から話を聞いて、わたしはため息が出ましたよ」

忠七が、切々と口にした。

「秋月六平太という浪人を、『飛騨屋』に斡旋《あっせん》してるね」

『もみじ庵』を訪れた香具師は、真っ先にそう尋ねたという。

忠七は、十月も前から六平太から口入れの依頼はないと返事をしたのだが、

「同じ船に乗ってた男も女も、付添い屋の秋月だと口走ってたぜ」

香具師は忠七に、洲崎の浜での喧嘩の様子を話して聞かせていた。

「秋月さんは、このわたしに隠れて、付添い屋として方々に出かけては、稼いでいたのだと、先日、とうとう知ってしまったのです」

「誤解だ」

六平太の声がかすれていた。

「兄上、それはひどいわ」

「おい、佐和」

「これまで、『もみじ庵』さんのおかげで、どれだけ助けられたか、忘れたわけじゃないでしょう」

佐和までが、六平太を不実だと決めつけていた。

腹が立って、言うべき言葉が見つからなかった。

はぁと、深く重い吐息をついて立ち上がった忠七が、何も言わず土間に下りて、路地へと出た。

去った忠七に頭を下げた佐和が、長火鉢の傍に上がって来て、

「『もみじ庵』さん、あんなに打ちひしがれて、可哀《かわい》そう。こうなったら兄上、誠意を示すべきだわ」

厳《おご》かに囁いた。

「誠意たぁなんだ」

「『もみじ庵』のために、付添い屋を始めるのよ」

佐和が、そう言い切った。

何か言いかけたのだが、六平太は口を開けただけで、言葉がなかった。

「もうすぐしたら、お湯は沸きますからね」

そういうと、佐和は風呂敷包みを抱えて路地へと出て行った。

六平太が茫然《ぼうぜん》とため息をついた。

「お常さん、わたし帰りますから、今度ゆっくりね」

佐和の声が、路地を通り抜けた。

付添いのような浮草稼業より、確かな仕事を見つけて品行方正な暮らしを——そんなことを口にしたのは、佐和だった。

そういう言葉が胸に突き刺さっていたから、付添い屋稼業に見切りをつけて、相良道場の師範代にという誘いを受け入れたのだ。

それを、今になって誠意を示せなど——。

六平太がせつなくため息を洩らすと、微かに鐘の音がした。

四つ（十時頃）の鐘だろう。

四つの鐘を聞いてすぐ元鳥越を出た六平太は、九つまであと四半刻という時刻に、四谷に着いた。

相良道場の門を潜って、相良庄三郎への取次ぎを下男の源助に頼むと、間もなく奥へと通された。

「よんどころなき仕儀にて、師範代の務めを返上致したく存じます」

庄三郎の部屋に入るなり、六平太は平伏した。

顔を伏せたまま、誤解とはいえ『もみじ庵』の忠七の不信を買い、妹には誠意を示せと言われた一件を、嘘偽りなく申し述べた。

「つまり、付添い屋稼業に戻りたいというのだな」

「はい」

庄三郎の問いに、六平太ははっきりとそう答えた。

「しかたあるまい」

苦笑を洩らした庄三郎が、条件をひとつ出した。

時々、道場に来て、若い門人の相手をしてほしいというものだったが、六平太は快諾した。

庄三郎の承諾を得た六平太は、その足で神田に向かった。

口入れ屋『もみじ庵』を訪ねるのは、十月ぶりのことだった。

昼下がりの神田一帯は、居職《いじょく》の職人の家から、桶《おけ》の箍《たが》を叩く音、金物を叩く音などが小路に溢《あふ》れ、買い物の客や商家の小僧、物売りの連中の行き交いもあって賑やかだった。

「さっきはすまなかったな」

『もみじ庵』の暖簾《のれん》を掻《か》き分けて土間に足を踏み入れるとすぐ、六平太は帳場に座っていた忠七に声を掛けた。

そして続けて、

「思う所があって、今日、四谷の道場の師範代を辞めた。以前のように、付添いの口を回してもらいたいのだが、どうだろうか」

六平太にしては丁寧な口を利いた。

忠七は、表情を変えることなく、じっと六平太に眼を留めると、

「ほんとうのことで？」

疑わし気な声を出した。

「あぁ」

六平太は、大きく頷いた。

「今日、これからでも、よろしいので？」

「構わんが」

六平太に異存はなかった。

この時刻からの仕事というのは、夜に掛かる道中の付添いか、芝居見物帰りの娘を家に送り届けるのだろうと思われた。


六平太は、神田の『もみじ庵』を後にすると、日本橋に足を向けた。

付添いの依頼は、日本橋、本小田原町《ほんおだわらちょう》の薬問屋の、十一になる娘を外に連れ出して、四半刻ばかり歩かせてほしいというものだった。

「病み上がりの娘さんに力を付けさせようという、親心じゃありませんかねぇ」

先刻、そう口にして帳面を閉じた忠七は、嘆かわしげなため息をついた。

本小田原町は、神田から行けば日本橋の手前にある。

室町の名高い海苔屋《のりや》の角を、南に入った辺りだった。

聞いていた薬問屋の裏の母屋に回って声を掛けたが、返事もなかった。

母屋の出入り口近くの台所を覗くと、三人の台所女中が慌ただしく立ち働いていた。

「声を掛けたのはあなた様で？」

六平太の背後から、女の声が掛かった。

「奥でバタバタしてて、直《す》ぐに出られなくてすみませんでした」

母屋の女中らしい四十ほどの女が、会釈をした。

六平太が来意をつげると、

「あぁあぁ、待ってましたよ。こちらへ」

促された六平太は、女中に続いて、さっき声を掛けた出入り口を通り過ぎて、庭の見える垣根の近くへと進んだ。

「いつも連れて回る役目の下女が、この二、三日寝込んでね。誰か代わりが出来ればいいんだろうけど、薬問屋は大忙しで、手がないんですよ」

そうぼやきながら、女中が、垣根の傍に置いてあった犬小屋ほどの小屋の屋根に置いてあった麻縄を手にした。

「この子も、外歩きに行けないもんだから夜中に啼《な》いたそうだ」

顔を突っ込んだ女中が、小屋の中から一匹の丸々と肥《ふと》った犬を引きずり出した。

首輪に麻縄を結わえ付けると、麻縄の先端を六平太に持たせた。

「あの。十一の娘の外歩きだと聞いて来たんだが」

「間違いないよ。この子は雌で、もしかしたら年がもう、十二になってるかもしれないけど」

女中の声に、六平太は言葉を失った。

「まぁ、四半刻も歩いてくれりゃ充分だよ」

女中の声に押し出されるようにして、六平太は犬を引いて裏口から小路へと出た。

どこをどう歩くか――六平太は大いに迷った。

日本橋の表通りは避けることにした。

付添いの声を掛けてくれる商家もあるし、通りかかった知り合いに見られるということもある。

六平太は、裏の通りから伊勢《いせ》町堀《ちょうぼり》へと向かった。

日本橋川に沿って、小網町《こあみちょう》から霊岸島《れいがんじま》辺りまで歩いて、そこから引き返すことにした。

『もみじ庵』の忠七は、十一の娘が犬だということを知らなかったのだろうか。

知っていたが、裏切り者の六平太にお灸《きゅう》を据えるつもりで、惚《とぼ》けたのだろうか。

麻縄がぴんと張った。

六平太が振り向くと、地面に尻をつけた犬が、はぁはぁと涎《よだれ》を垂らし、疲れた息遣いをしていた。

「行くぞ」

縄を軽く引いたが、犬はウゥと威嚇して、動こうともしなかった。

やっとのことで犬のお供を終えた六平太は、この日、付添い料二百文（約四千円）を手にした。

第二話　女医者

一

このところ秋月六平太《あきづきろっぺいた》の寝覚めがよかった。

まるで肩の重荷が取れたように、身も心も軽やかだった。もしかすると、十月《とつき》ばかり務めていた相良《さがら》道場の師範代から身を引いて、気楽な付添い屋稼業に戻れたせいだろうか。

今朝も暗いうちに目覚めると、布団を抜け出して、階下に降りた。

井戸端で顔を洗おうと、手ぬぐいを摑《つか》んで路地へ出た途端、はす向かいの家の戸がいきなり開いて、白いものが路地に現れた。

「これは、お早いことで」

声を発したのは、はす向かいの住人、熊八《くまはち》だった。

「熊さん、いつもより早くはないか」

六平太が訝《いぶか》った。

「秋月さん、今日は何日だとお思いですか。三月の十七日ですよ」

「それがどうした」

「これは、浅草に嫁いだ佐和《さわ》さんの兄上とも思えぬ物言いでございますねぇ」

熊八が、少しばかり芝居じみた物言いをした。

「今日と明日は、浅草は三社祭《さんじゃまつり》で大賑《おおにぎ》わいになるんですよ」

そう口にした熊八が、手に持っていた鈴を軽く振って鳴らした。

熊八は、江戸の町々を歩いたり、祭礼で人の集まる寺社に入り込んだりして稼ぐ、大道芸人である。

狩衣《かりぎぬ》に烏帽子《えぼし》を被《かぶ》ったこの日の出《い》で立ちは、熊八の得意とする〈鹿島《かしま》の事触《ことぶ》れ〉だ。

天下の吉凶を触れ回り、予言を説きながら踊り、災難除《よ》けのお札《ふだ》を売るのである。

「それじゃわたしは」

熊八が、幣束《へいそく》を襟に差し込んだ。

「稼ぎなよ」

六平太が声を掛けると、軽く手を上げた熊八が、市兵衛店《いちべえだな》の木戸を潜《くぐ》って表通りへと出て行った。

三社祭は、浅草寺《せんそうじ》の本尊になっている観音像を、海から引き揚げた三人の漁師を祀《まつ》る三社権現社の祭礼で、深川八幡《ふかがわはちまん》の祭、そして天下《てんか》祭とも言われる神田《かんだ》祭と並んで、江戸の名物となっていた。

人出の見込める祭は、大道芸人には書き入れ時である。

暗いうちから出かけた熊八は、おそらく一日中浅草にいて、怪しげなお札を売り歩くに違いない。

井戸端に立った六平太は、釣瓶《つるべ》を水に落とした。

日が昇って半刻《はんとき》（約一時間）が経《た》った市兵衛店は、日の光に包まれていた。

とっくに朝餉《あさげ》を済ませた六平太は、長火鉢の縁《へり》で頬杖《ほおづえ》を突き、ぼんやりと路地を眺めながら茶を飲んでいた。

熊八が仕事に出てしばらくすると、大工の留吉《とめきち》も道具箱を担いで飛び出して行った。

今朝は、噺家《はなしか》の三治《さんじ》まで、日の出と共に出掛けて行った。

商家の旦那《だんな》が催すという、庭を愛《め》でる集まりに呼ばれているのだと三治は口にしたが、要は、招かれた客人の集まる席での座持ちを頼まれたにちがいあるまい。

市兵衛店は静かだった。

さて、今日はどうするか——腹の中でぽつりと呟《つぶや》いた時、

「おじちゃん」

表から声がして、小さな黒いものが土間に入り込んだ。

「勝太郎《かつたろう》か」

六平太が腰を浮かすと、勝太郎は藁草履《わらぞうり》を脱ぎ散らかして土間から上がって来た。

「おはようございます」

勝太郎に続いて、音吉《おときち》と、風呂敷《ふろしき》包みを抱えた佐和が路地から姿を現した。

「上がらせてもらいます」

佐和は上がり込んだが、浅草十番組『ち』組の半纏《はんてん》を着込んでいた音吉は土間に留《とど》まった。

「今日明日と三社様のお祭りで、浅草は混み合って大事だから、昼過ぎまでここに避難させてもらいたいのよ」

そう口にして、佐和が小さく頭を下げた。

「火消しのわたしらも、殊に今日明日は見回りやらなにやらで、佐和や子供たちの面

倒を見るというわけにもいきません」

「そりゃそうだろう」

六平太は大きく頷《うなず》いた。

「わたしが子供を連れて祭り見物というわけにもいかないから、いっそのこと、浅草寺界隈《かいわい》から離れようということにしたんです」

佐和が、そう説明した。

「あぁ。おれは一向に構わないよ」

六平太に否やはなかった。

娘のおきみは、佐和たちが住む聖天町《しょうでんちょう》の、下駄屋の娘たちと語らって祭り見物に出かけるという。

「音吉さん、もう、『ち』組に戻ったほうがいいわ」

勝太郎と二階への階段を上がりかけていた佐和が、振り向いて促した。

「それじゃ義兄《にい》さん」

「あ、そうだ。音吉さん」

六平太が、出かかった音吉の足を止めた。

「この前は、お前さんにも『ち』組の頭にも、手間を掛けさせて済まなかったよ」

本所《ほんじょ》を拠点とする香具師《やし》の男五人を縛り上げて、一晩、『ち』組に預けた一件の礼を口にした。

潮干狩りの浜辺で起こった悶着《もんちゃく》がきっかけで、六平太は仕返しに来た男どもを人質にし、その日の内に元締の和藤治《わとうじ》のもとに押しかけて、仕返しをやめるよう談判した。

「その後、緑河岸《みどりがし》の和藤治は大変なことになったようですよ」

佐和と勝太郎は二階へと上がっていたが、音吉が声を潜めた。

六平太に談判された上に『ち』組に預けられた子分を引き取りに出向いて頭を下げた和藤治の評判が、その一件を境にがた落ちしたという。

二十人は居た子分はごっそりと抜け、品物を卸していた物売り連中の多くが、他の、両国《りょうごく》や亀有《かめあり》辺りの香具師のもとに鞍替《くらが》えしたらしい。

「こう言っちゃなんですが、たった一人の浪人にねじ込まれて、ぐうの音も出なかったことで、和藤治は面目を失ったようです」

音吉が口にした浪人というのは、六平太のことだった。

「あっという間に、両国辺りを仕切っている香具師に割り込まれて、和藤治は本所から姿をくらませたそうです。子分が半分以上も居なくなった和藤治は、なす術《すべ》もなかったらしいです」

音吉が、ため息をついた。

香具師が生き残るには、堅実に縄張りを守るか、他の縄張りを奪って稼ぎを増やすしかない。

他からの侵入を阻むために、用心棒などを雇ったり、子分たちに刃物を持たせたりして、自警組織をつくらざるを得なかった。

音吉の話によれば、和藤治というのは、仲間内で筋を違えるようなことはしないが、敵には回したくないと言われるほど、同業の者からも恐れられていた。

力には力で対抗するのをなんとも思っていない男だった。

「知り合いの香具師が言うには、和藤治は、あの浪人一人のせいでと、そう呟いて本所を去ったようですから、義兄さん、気を付けて下さいよ」

音吉は、更に声を潜めた。

「分かったよ」

「じゃ、佐和と勝太郎をひとつよろしくお願いします」

「あぁ」

六平太が手を上げると、腰を折った音吉が半纏を翻して路地へと飛び出していった。

勝太郎の手を引いて階段を降りてきた佐和が、

「綿を抜いた袷《あわせ》は上に置いておきましたから」

と告げた。

六平太が頼んでいた着物の綿抜きが出来たようだ。

「お茶でも淹《い》れましょうか」

「実はな」

そう口にして、六平太は佐和に、座るよう手で促した。

「八王子《はちおうじ》の穏蔵《おんぞう》が、いま、雑司《ぞうし》ヶ谷《や》に来てるんだ」

長火鉢の前に着くとすぐ、六平太が口にした。

そして、日本橋《にほんばし》の奉公先から逃げ出して来た経緯を打ち明けた。

佐和は、穏蔵とも面識があり、六平太の子だということも知っていた。

「八王子から豊松《とよまつ》さんが出て来たら、みんなで穏蔵の今後を話し合うことになってる」

六平太が告げると、

「そう」

佐和は呟いて、膝《ひざ》に眼《め》を落とした。

「秋月様のお住まいでしょうか」

路地に立った男が、家の中に小さくお辞儀をした。

担ぎの小間物売りのようだ。

「秋月はおれだが」

腰を上げて、六平太が土間近くに立った。

「神田岩本町《いわもとちょう》の、『もみじ庵《あん》』さんに言付《ことづ》かって、寄らせていただきました。秋月様には、出来ることなら、今日の昼過ぎにおいでいただきたいとのことでございました」

「そりゃ、わざわざすまねぇな」

「いいえ。それじゃ」

小間物売りは軽く会釈をして、木戸の方へと去った。

「『もみじ庵』て、兄上」

佐和が、呟くように口にした。

六平太は、相良道場の師範代を辞めて、『もみじ庵』の世話で、再度、付添い稼業を始めることにしたことを打ち明けた。

「この間、さっそく、付添いをひとつやっつけたばかりだ」

六平太が笑って口にすると、

「そう」

と、佐和も笑みを浮かべた。

犬の外歩きの付添いだったことは、六平太は伏せた。

佐和が用意してくれた昼餉《ひるげ》を食べ終わると、六平太は二階に上がって、出かける支度をはじめた。

神田の口入れ屋、『もみじ庵』に行かなければならない。

臙脂《えんじ》の着物に、生成《きな》りの博多帯《はかたおび》を締めると、刀を掴んで階下に下りた。

佐和が、大の字に寝てしまった勝太郎に、薄い布団を掛けていた。

いつ泊まりに来てもいいように、六平太が用意した子供用の布団だった。

「いつ頃戻れるか分からんが」

「わたしたちのことは気にしないで下さい。お戻りが遅いようだったら、勝手に帰りますから」

寝ている勝太郎を気遣って、佐和が囁《ささや》いた。

「すまん」

土間の履物に足を通すと、六平太は片手を上げて、家を後にした。

市兵衛店のある浅草元鳥越《もとどりごえ》から神田岩本町まで、大した道のりではなかった。

通いなれた道だから、眼を瞑《つぶ》っても行きつけるような気がするが、試すつもりはない。

『もみじ庵』の周辺には小ぶりな武家屋敷もあったが、ほとんどが町家である。

ほんの少し南へ行くと、小伝馬町《こでんまちょう》の牢屋敷《ろうやしき》があった。

六平太は、『もみじ庵』の暖簾《のれん》を潜って土間に入った。

忠七《ちゅうしち》の姿はなく、帳場《ちょうば》のある板張りの隅で、三人の男が着替えをしていた。

その中の一人は、時々『もみじ庵』で顔を合わせたことのある強面《こわもて》の男で、もっぱら、大名家の登城《とじょう》のお供に駆り出されることが多かった。

「秋月さん、また付添いをはじめるんだってね」

強面の男が親しげに声を掛けてきた。

「そうなんだ。また、よろしく頼むよ」

六平太が返事をすると、口を開けて笑いかけた強面の男の下の歯が、一本抜けているのが見えた。

「秋月さん、来てくれましたか」

奥から出てきた忠七が、よかったよかったと呟きながら、帳場に座った。

「相手は、七つ（四時頃）になる前に来てもらいたいということだったものですから」

忠七が、帳面を開いた。

付添いをするのは明日なのだが、今日の内に会って、話をしておきたいとの要請があったという。

六平太は、『もみじ庵』に来た道を引き返していた。

依頼人の名は、久保山芳乃《くぼやまよしの》といい、住まいは神田相生町《あいおいちょう》である。

神田川に架かる和泉橋《いずみばし》を北へと渡り、そのまままっすぐに進むと、藤堂和泉守《とうどういずみのかみ》家のお屋敷の西側の角にぶつかる。

そこの十字路を左に曲がり、一つ目の小路を越した左右が、神田相生町だった。

小さな菓子屋で久保山家への道を尋ねると、

「女医者の久保山さんですね」

そう口にした店の男が、道を挟んで反対側の町並みの少し先を指さした。

教えられた方へ行くと、板塀に木戸門の付いた一軒家があった。

木戸に掛けられた木札に、墨で『中条流《ちゅうじょう》　久保山かつ枝』と記されていた。

忠七が口にした名は、確か、芳乃だったのだが。

「ごめん」

木戸を入って、一間（約一・八メートル）ほど先の戸口で声を掛けた。

「どなた様で」

中から女の声に誰何《すいか》されて、六平太は『もみじ庵』から来たことを告げた。

「どうぞ、お入り下さい」

戸を開けた、二十六、七の女が、六平太を中へと招き入れた。

入るとすぐ、忠七から聞いていた依頼者の名と、表の木札の名が違うのはなぜかと、六平太が問いかけた。

あぁ、と、上がり口に膝を揃《そろ》えた女が小さく微笑《ほほえ》んだ。

「依頼したのはわたしで、表の木札は姉の名です」

芳乃というのが、依頼した妹の名だった。

「それで、今日の内にしておきたい話というのは、いったい」

六平太は、気になっていたことを口にした。

「付添いを頼んだことは、姉には内緒なのです」

そう答えて目を伏せた芳乃が、さらに続けた。

「詳しくは申せませんが、姉の身に危害が及ぶ恐れがあるのです。それにもかかわらず、姉は一向に頓着《とんじゃく》しようとしないので、心配しておりまして」

「その事情を聞かせていただくわけにはいきませんか」

「それは、ご容赦を。もし、ご承知いただけるなら、明朝五つ（八時頃）に出療治に行く姉を密《ひそ》かに守っていただきたいのです」

顔を上げた芳乃が、六平太を正視したまま、毅然《きぜん》とした声で答えた。

「しかし、姉御の顔を存じ上げないが」

「間もなく、日本橋、室町《むろまち》の薬問屋から帰ってくる時分なので、表に出て確かめていただければと」

そう口にした芳乃が、土間に下りて、自ら戸を開けた。

姉に見つからないよう早く、と言われたような気がして、六平太は急ぎ表へと出た。

六平太が木戸を閉めたと同時に、七つを知らせる時の鐘が鳴りはじめた。

日が暮れるにはまだ間のある通りの、古びた樽《たる》の積まれた陰に身を隠した六平太が、久保山家の表を窺《うかが》った。

七つの鐘が鳴り終わった頃、広小路《ひろこうじ》の方から、白い羽織を着た女が、西日を背負ってやってきた。

白い羽織の女は、眼を正面に向け、凜《りん》とした歩調のまま久保山家に向かい、木戸を開けて入った。

おそらく、女医者の久保山かつ枝だろう。

「姉さん、お帰りなさい」

木戸の開く音を待っていたように、母屋から芳乃が飛び出して、姉を出迎えた。

背中を押すようにして、母屋の玄関の中に姉を入れた芳乃が、木戸の中から通りの方に眼を走らせた。

姉です――どこかで窺う六平太に、そう伝えようとしたのだと思われた。

市兵衛店は西日に染まっていた。

「お帰り」

神田から戻って来た六平太が木戸を潜った途端、声が掛かった。

井戸端で鍋釜《なべかま》を洗っていたお常《つね》が、

「佐和ちゃんは、四半刻《しはんとき》（約三十分）くらい前に帰って行ったよ」

「結構、長居したんだな」

勝太郎の昼寝が長引いたのかもしれなかった。

「秋月さんの夕餉《ゆうげ》の支度をしたからって、筍《たけのこ》の煮物やら酢の物なんか、わたしにまで分けてくれたよ」

お常が嬉《うれ》しそうな笑みを浮かべた。

「鍋の中に入れてあるから、熊さんや三治にも分けてやるようにって、そういう言付けだった」

「分かったよ」

お常に軽く手を上げて、六平太は路地の奥へと歩を進めた。

二

朝日を浴びた神田相生町界隈に、金槌《かなづち》や木槌の音が響き渡っていた。

五つともなると、出職《でしょく》の者はとっくに家を出ていて、人通りはあまりない。

建ち並んだ職人の家々から、桶《おけ》の箍《たが》を叩《たた》く音、鍋の修繕の音が通りへと流れ出ている。

三味線の音も聞こえたが、職人が試し弾きをしている音だった。

六平太は、足袋屋《たびや》の軒下に下がっている看板の陰から、久保山家の表を窺っていた。

菅笠《すげがさ》を被った六平太がその場所に立ってから、四半刻の半分くらいが過ぎた頃合いだった。

久保山家の木戸が中から開けられて、格子縞《こうしじま》の着物に襷《たすき》がけをした芳乃が表に出て、辺りに素早く眼を向けた。

直《す》ぐに、かつ枝が薬箱を下げて出てきた。

芳乃に何事か声を掛けられたかつ枝は、頷いて広小路の方へ歩き出した。

足袋屋の看板の陰から出た六平太に、芳乃がそっと会釈を送って、木戸の中に飛び込んだ。

六平太は、広小路から筋違御門《すじかいごもん》を通って、日本橋の方に向かうかつ枝の後に続いた。

着物はどこにでもある薄萌黄《うすもえぎ》色だが、白い羽織を着ているだけで医者だと分かった。

見ただけで医者だと分かる装《な》りは、急病人を抱えた人にはありがたいことである。

かつ枝は、日本橋、京橋《きょうばし》を渡って、新両替町《しんりょうがえちょう》と尾張町《おわりちょう》の四つ辻《つじ》を右に折れ、数寄屋橋《すきやばし》近くにある煎餅《せんべい》屋の裏口に回って、母屋へと消えた。

店《たな》の者に声を掛けることなく母屋に入ったところをみると、何度となく通っているのかもしれない。

中条流の医者ということだから、出産を控えた妊婦の様子を見たり、産み終えた母親に手当てを施しているのかもしれなかった。

かつ枝は、四半刻ばかり居ただけで、煎餅屋を後にした。

ここまで、かつ枝の身辺に危険な気配はなかった。

かつ枝は、今来た道を引き返すように日本橋や神田を通り過ぎて、根津《ねづ》権現の門前に近い宮永町《みやながちょう》の裏道に入って行った。

小川の畔《ほとり》に建つ、二棟が向かい合った裏店の一軒に、かつ枝が足を踏み入れた。

市兵衛店の、留吉や三治、熊八が住んでいるのと同じ、九尺二間《くしゃくにけん》の長屋だった。

六平太は、裏店の木戸が見通せる道端に、二つ転がっていた石の一つに腰掛けた。

根津は、本郷《ほんごう》と谷中《やなか》の台地の谷間にあった。

その谷間には、裏店の傍《そば》を流れる小川と、もう一つ藍染川《あいそめがわ》があって、二つの流れは不忍池《しのばずのいけ》へと注ぎ込んでいた。

時折、谷間を風が通り抜け、水の音が涼味を醸し出して、日射《ひざ》しがあっても案外涼やかだった。

裏店の一軒の家に入ってから半刻が過ぎたころ、かつ枝が木戸から出てきた。

いっしょに出てきた、三つか四つの男児を連れた職人らしい三十ほどの男が、木戸を出たところで立ち止まり、去っていくかつ枝に深々と頭を下げた。

六平太は腰を上げて、表通りへと向かうかつ枝の後ろに続いた。

かつ枝の足取りが、こころなし重くなっていた。

木戸まで見送りに出た男の顔に暗い陰があったのは、男児の母親の加減がよくないからかもしれない。

池之端七軒町《いけのはたしちけんちょう》の角を左に折れて、池の方へ向かったかつ枝が、小さな寺の門前でふっと足を止めた。

山門の中に向かって手を合わせると、また、ゆっくりと歩み出した。

かつ枝の後ろに付いた六平太が、池の畔の道から湯島天神下《ゆしまてんじんした》の道に差し掛かった時、背後から鐘の音がした。

上野東叡山《とうえいざん》の時の鐘が、九つ（正午頃）を知らせる音だった。

どこかで昼餉を摂《と》るのかと思っていたが、かつ枝はそのまま神田相生町の家へと向かった。

かつ枝の足が、家の板塀の前でぱたりと止まった。

奇妙な絵の描《か》かれた紙が三枚、板塀に貼《は》られていた。

一枚は見えなかったが、他の一枚には毛深い獣のようなものが描かれ、胴体にも眼のある奇妙な図柄で、もう一枚には乳呑み児《ちのご》を抱えて長い髪を振り乱した女の姿が見えた。

顔を強張《こわば》らせたかつ枝が、急ぎ紙を剝《は》ぎ取ると、木戸の中に駆け込んだ。

母屋の玄関に入ってしばらくすると、芳乃が、密やかに木戸の外に姿を現した。

「三日後、今日と同じ時刻にお願いします」

芳乃の小声に、六平太は頷いた。

理由はないのだが、女医者の付添いに好奇心が疼《うず》いていた。


居酒屋『金時《きんとき》』は、市兵衛店からほど近い、寿松院《じゆしようういん》門前にあった。

鳥越明神から浅草御蔵前《おくらまえ》へと通じる往還の、左側にある。

六つ（午後六時頃）を過ぎた店内に、煮炊きの煙が立ち込めていた。

客は五分の入りで、印半纏《しるしばんてん》を着た職人と担ぎの物売りが目立った。

六平太と留吉、それに熊八と三治は、入り口に近い板張りで車座になって、銚子《ちょうし》の酒を注《つ》ぎ合った。

「そいじゃ、ま」

留吉の音頭で、四人は盃《さかずき》を口に運んだ。

「うめぇ」

留吉が一気に飲み干した。

「しかし、待たされたな」

一口含んだ六平太が、ぽつりと口にした。

「以前いたお運びの女が、所帯持って上総《かずさ》の方に引っ込んだようで、半月前から新前の女に代わったんですよ」

三治が、料理の皿を手に、客の間を戸惑ったようにうろうろしている女を顎《あご》で指した。

「あれは、我らが、先ほど注文したものじゃありませんか」

「お、そうだ。姐《ねえ》ちゃん姐ちゃん、そりゃこっちだ」

留吉が声を上げると、

「すみません」

お運びの女が、皿を置いて、大きく息を吐いた。

「お前さん、なんてぇ名だね」

三治が尋ねると、

「船《ふね》っていいます」
二十六、七と思える小太りの女が、照れたように笑みを浮かべた。
「お船さんは、まだ慣れねぇようだね」

留吉が優しい言葉を掛けると、ぺこりと頭を下げて板場の方へと去った。

「あとは手酌だぜ」

そう宣言して、六平太は自分の盃に酒を注いだ。

六平太は、お運びの女が入れ替わったことを今日まで知らなかった。

ひと月以上も『金時』の暖簾を潜っていなかった。

相良道場の師範代を務めるようになって以来、市兵衛店の住人たちと飲みに出る機会が少なくなっていた。

なにも、忙しいわけではなかった。

師範代という役目に、六平太は知らず知らず、身を律していたのかもしれない。

この日、女医者の付添いが早く終わった六平太は、市兵衛店に戻るとすぐ、昼寝をしてしまった。

目覚めた時は、すでに夕餉の支度をしなければならない頃合いだったが、やる気は失《う》せた。

「お、秋月さん居たね」

仕事から帰って来た三治に声を掛けられて、

「久しぶりに一杯どうだ」

六平太が誘いを掛けると、三治が大いに乗った。

二人の動向は留吉や熊八にも知れ渡り、久しぶりに四人連れだって『金時』へ繰り出したのだった。

「道場の師範代がどうのとは言わねぇが、秋月さんは、やっぱり付添い屋がお似合いだよぉ」

少し酔った留吉が、盃を口に運びながら呟いた。

「こう言っちゃなんだが、道場通いが長続きするとは思っていなかったんだ。うん」

頷いた留吉が、酒を呷《あお》った。

「けど、案外長く続いたんじゃないか」

「思ったよりは、長かったね」

熊八が、三治に同調した。

「道場の相良先生には申し訳ないが、付添い屋に戻って、こうしてのんびり出来るというのが、へへ、なんとも有難いよ」

六平太が、正直に打ち明けた。

客の出入りなど頓着せずに飲み食いしていた間に、店の表はすっかり暗くなっていた。

「みなさん、お出《い》でしたか」

奥の方から出入り口に向かって来た二人連れの片割れが、土間で足を止めた。

「おう、秋月さんの隣のご隠居じゃありませんか」

留吉が素《す》っ頓狂《とんきょう》な声を上げた。

土間で立ち止まったのは、市兵衛店の新しい住人、弥左衛門《やざえもん》だった。

六平太は、弥左衛門の連れの若い男に見覚えがあった。

弥左衛門の家財道具などを前もって運び込んだ男である。

「よかったらどうです」

三治が誘うと、

「わたしはここで失礼しますので、ご隠居さんはどうぞ」

若い男が、丁寧な口を利いた。

「それでは、お言葉に甘えさせていただきましょうかな」

「では」

若い男は、弥左衛門と六平太たちに会釈をして、表へ出て行った。

「ささ、おひとつ」

三治が弥左衛門に酌をした。

噺家の傍ら、商家の旦那衆などの幇間《ほうかん》もこなす三治の気働きは、こういう席でも大いに発揮された。

「今夜は、どういったお集まりで」

酒を飲んだ弥左衛門が、笑顔で見回した。

「わたしらこの店の常連でしてね。何ということもなく、こうしてよく飲み食いするんですよ」

三治が答えると、熊八と留吉も相槌《あいづち》を打った。

「今夜はあれですな。秋月さんの復職祝いとでもいいますか」

「復職といいますと」

熊八の言葉を聞きとがめた弥左衛門が、六平太に眼を向けた。

「実はね」

身を乗り出したのは、三治だった。

道場の師範代を務めていた六平太が、一年近く辞めていた付添い屋稼業に復帰したのだと、さすがに噺家らしく、手際よく説明した。

「しかしご隠居、江戸へ来ての一人暮らしはどうだね」

突然、留吉が話題を変えた。

「確か、弥左衛門さんは、粕壁《かすかべ》だったたねぇ」

六平太が、ぽつりと口にした。

「ですが、もともとは江戸ですので、古い友人や知り合いがおります。さっきの男も、知り合いのところの奉公人でして、時々、市兵衛店のほうにも様子を見に顔を出すと思いますので、なにとぞよろしく」

弥左衛門が軽く頭を下げた。

弥左衛門が、朝飯作りと掃除洗濯の為《ため》に通いの女中を雇っていることは市兵衛店の住人たちは知っていた。

「女中といいながら、若い女を引き入れるに違いないと、わたしは睨《にら》んでたんですがね」

三治がそう口にすると、弥左衛門が大口を開けて笑った。

だが、三治の意に反して、やって来たのは、五十ほどの、色黒の、酒樽のように肥《ふと》った亭主持ちの女中だった。

「案外それが、弥左衛門さんの好みかもしれねぇよ」

三治が負け惜しみを吐くと、他の一同が大笑いをした。

居酒屋『金時』を引き上げて、市兵衛店に帰り着いた頃、五つの鐘が聞こえた。

「それじゃおれは」

覚束《おぼつか》ない足取りで、真っ先に家の戸を開けたのは留吉だった。

その次に、弥左衛門が声を掛けて、六平太の家の隣に消えた。

「あ、そうだ。熊さんに聞きたいことがあったんだが」

六平太が、三治と熊八の三人になった時、ふと思い出した。

「なにも今夜でなきゃいけないというもんじゃねぇんだが」

六平太が口ごもると、

「秋月さん、思い出した時に聞いとかないと、明日、熊さんに何があるか知れたもんじゃありませんよ。押し込みに辻斬《つじぎ》りと、物騒な世の中になりましたから」

三治が説教を垂れた。

「わたしは今からでも構いませんよ」

熊八が請け合ってくれた。

「秋月さんとこにゃ、酒はありますか」

「確か、徳利《とっくり》に残ってたはずだが」

「もし、足りなくなったら、わたしんとこにもありますから」

三治が先に立って、六平太の家の戸を開けた。

土間を上がるとすぐ、六平太が行灯《あんどん》に火を灯《とも》した。

明るくなると、三治が湯呑《ゆのみ》を三つ出し、茶簞笥《ちゃだんす》の横にあった徳利を見つけて、車座になった三人の真ん中に置いた。

酒は、六平太が注ぎ分けた。

「いただきやす」

三治の声で、三人が湯呑を口に運んだ。

「それで、わたしに聞きたいことというのは」

熊八が、六平太に顔を向けた。

「実は、奇妙な絵のことなんだがね。大道で絵解きをしたり、熊野《くまの》の牛王《ごおう》の絵とか売ってる連中とも親しい熊さんなら知ってると思ったんだよ」

六平太は、女医者の家の板塀に貼られていた、奇妙な絵のことを打ち明けた。

「奇妙というより、妖怪じみたような絵だな」

六平太は、独り言のように呟いた。

「どういった図柄か、描いていただけるとありがたいんですがな」

熊八に言われて、六平太は、矢立《やたて》と紙を長火鉢の引き出しから出した。

「そっくりには描けねぇぞ」

「なんとなくで結構です」

熊八は、己の眼力に余程の自信があるようだ。

六平太は、髪を振り乱した女が両腕に赤子を抱えていた図柄を、思い出し思い出ししながら、紙に描いた。

「獅子頭《ししがしら》だな」

胴体に眼のある獣の絵を見た三治が、感心したような声を出した。

「いえ、これは白澤《はくたく》という、見た目は恐ろしいが魔除けです。しかしこちらはまさに、妖怪《ようかい》ですな」

そう口にした熊八が、もう一枚の絵を見てうんうんと頷いた。そして、

「姑獲鳥《うぶめ》ですな」

と付け加えた。

熊八がいうには、出産時に命を落とし、我が子を育てることが出来ない母親の無念が妄執となった妖怪だった。

熊八の大道芸人仲間には、前世の祟《たた》りを説いて、妖怪の絵を売り歩いている者がいるという。

「姑獲鳥ねぇ」

六平太がぽつりと口にした。

出産に関わる中条流の医者と姑獲鳥との、奇妙な因縁が気になっていた。

「熊さん、ちょいと聞くがね」

三治が、珍しく真顔で口を開いた。

「祟りとか神隠しなんてものは、本当にあるものかねぇ」

「どうしたんだ三治」

六平太が、徳利の酒を注ぎながら尋ねた。

「いやぁ、実は昨日、知り合いの噺家がぼやいてたんだが、そいつの知り合いで、森《も》田《た》座《ざ》の役者が、行方知れずになったっていうんだよ」

その役者は河原崎源之助《かわらざきげんのすけ》と言って、出世はこれからという立方《たちかた》だった。重い役を演じていたわけではなかったから、すぐに代役が立って、芝居興行に影響は出なかったものの、幕の内ではさまざまな憶測が飛び交ったという。

騙《だま》した女から身を隠しただの、贔屓《ひいき》の旦那の女房と駆け落ちしたに違いないだのという声もあったらしい。

六平太の家でも憶測の声は上がったが、

「神隠しですな」

熊八の一言で、その夜はお開きとなった。

三

深川、永代寺《えいたいじ》門前町の菓子屋に出療治に赴いたかつ枝は、四半刻ほどで店舗の裏にある母屋の木戸から出て来た。

時の鐘が九つを告げてから既に半刻は経っていた。

菓子屋の脇の小道から馬場通へ出ると、そのまま道を突っ切って、永代寺の境内へと足を踏み入れた。

本堂の前に立って手を合わせて拝むと、かつ枝は、楠《くすのき》の大木の下にある茶店《ちゃみせ》の縁台に腰を掛けた。軒先に立てられた竹の先に下がった小さな幟《のぼり》に、『叶屋《かのうや》』と記されていた。

建物の中から出てきた小女《こおんな》に、かつ枝が何事か伝えた。

ここで遅めの昼餉を摂るのかもしれない。

同じ茶店に行くわけにもいかず、六平太は、『叶屋』の向かい側の茶店に飛び込んだ。

かつ枝の妹、芳乃に依頼されていた、二度目の付添いである。

女医者は、朝から精力的に歩き回った。

神田相生町の家を五つに出ると、まずは駿河台《するがだい》の武家地へと足を向けた。

姉には気づかれないように――そう言いつかっていた六平太は、さりげない足取りでかつ枝の後ろに続いた。

付添いというより、見張りを頼まれたことはこれまで何度もあったから、要領は心得ていた。

かつ枝が最初に訪ねたのは、長屋門《ながやもん》を備えた五百石取りほどの武家屋敷だった。

四半刻ほどで出て来ると、次に、小川町の重厚な門構えのある武家屋敷へと入った。

そこには半刻ばかり居て、門から出てきた。

かつ枝はその足で、大川を越えて深川の菓子屋へ出療治に来たのだった。

『叶屋』の縁台に腰掛けたかつ枝に、小女が磯辺《いそべ》焼《や》きと茶を運んだ。

六平太のもとには、頼んでいた味噌田楽《みそでんがく》が来た。

歩いて腹を空《す》かせていたせいか、あっという間に食べ終えた。

磯辺焼きを食べ終えたかつ枝は、勘定を済ませると、ゆっくりと茶を飲んで腰を上げた。

日は既に西に傾き始めて、八つ（二時頃）に近いと思われる。

馬場通を大川の方へ向かったかつ枝は、永代橋《えいたいばし》の手前で右に曲がり、北へと向かった。

深川に来るときに通った道を逆に辿《たど》るようだ。

ゆったりとした足の運びからすると、このまま神田の自宅に戻るのだろう。

六平太が思った通り、本所《ほんじょ》に着いたかつ枝は両国橋を渡った。

両国橋西広小路は、様々な小店が並び、そのうえ、見世物小屋や食べ物屋、揚弓《ようきゅう》場《ば》などがひしめく、江戸でも有数の賑わいを誇る場所であった。

「どけどけどけ！」

荷車曳《ひ》きが大声を上げれば、棒手振《ぼてふ》りや物売りが雑踏の中をすり抜けて行った。

そのたびに、人の流れが乱れて、かつ枝の背中が見えなくなるのだが、六平太が見失うことはなかった。

かつ枝が着ている白い羽織は、人混みの中でも目立つのがいい。

広小路の先の浅草御門に差し掛かった時、かつ枝の白い背中が妙な動きをして、人混みの向こうに隠れた。

六平太は咄嗟《とっさ》に、人混みを掻《か》き分けて前方へと急いだ。

すぐに、道にしゃがんでいるかつ枝の背中が見えた。

その足元に、左肩を押さえた無精髭《ひげ》の男が、

「いてぇ、いてぇ」

顔を歪《ゆが》めて横たわっていた。

「おい、どうした」

人混みを掻き分けて現れた二人の男は、どう見ても繁華な街に巣食う破落戸《ごろつき》だった。

一人は頬《ほお》に刀傷があり、もう一人は片眼が潰《つぶ》れていた。

通りがかりの者たちが、恐れ半分、興味半分で遠巻きにして足を止めていた。

「この女がおれに当たって来やがってよぉ。倒れた拍子に腕を痛めたんだよ」

倒れている無精髭が、後ろから現れた二人に訴えた。

「違います。この人がぶつかって来たんです」

立ち上がったかつ枝が、気丈にも、倒れている男を指した。

「いてて」

無精髭が、下手な芝居をした。

「こいつがあんたとぶつかって腕を痛めたんだから、治療代を出すのが筋だろう」

隻眼の男が、かつ枝に顔を近づけた。

「これでも医者の端くれですから、傷の手当てはして差し上げます」

「ははは、睨んだ通り女医者だよ。手当てはこっちでするから、金を出してくれ」

刀傷の男が手を差し出した。

すると、倒れていた無精髭がむくりと立ち上がった。

「そうだな。医者なら、懐にたんまりと金が入っているはずだ」

と、髭面《ひげづら》を撫《な》でて、じろりとかつ枝をねめまわした。

「それよりどうだ医者先生よぉ、おれたちとその辺で酒でも飲もうじゃねぇか」

隻眼が、かつ枝の腕を摑んだ。

「無礼な」

かつ枝が、相手の手を振りほどこうとしたが、男の力が勝っていた。

「ささ, あっちへ行こうぜ」

隻眼の男は、抗《あらが》うかつ枝の腕を摑んだまま、旅人宿の並ぶ馬喰町《ばくろちょう》の通りへ引っ張って行った。

　他の二人がにやにやとその後に続いた。

　六平太は、路上に置かれていた薬箱を手にすると、破落戸どもの行く手に大股で回り込んだ。

「その人の忘れ物だ」

　薬箱を差し出した。

「そんなもん、いらねぇよ」

　薬箱を叩き落とそうと腕を伸ばすより早く、六平太が、無精髭の男の股間《こかん》に蹴《け》りを入れた。

「野郎」

　地面でのたうち回る仲間を見て、隻眼の男も刀傷の男も匕首《あいくち》を引き抜いて、六平太に襲い掛かってきた。

　薬箱をかつ枝に手渡した六平太は、身体《からだ》を捻《ひね》って刀傷の男の片腕を抱え込み、地面に叩きつけた。

「まだやるか」

　六平太が睨みつけると、隻眼の男は匕首を手にしたまま、凍り付いた。

　隻眼と刀傷の男が駆け出すと、無精髭の男も慌てて後を追った。

「危ないところを、ありがとうございました」

かつ枝が、六平太に頭を下げた。

「家まで、送りますよ」

「いえ。もう、この先ですから」

「神田相生町までは、まだ道のりはあります。あなたが一人になるのを待って、もう一度襲うということもありますから」

「わたしの住まいをご存じなのですか」

かつ枝の眼に警戒の色が走った。

「ええ」

六平太が、片手で頭の後ろを撫でた。

浅草御門から筋違御門へと通じる柳原土手《やなぎわらどて》を、かつ枝は板裏草履の音を立てて歩いていた。

両肩を尖《とが》らせたかつ枝の背中は怒っていた。

六平太が、妹の芳乃に付添いを頼まれたのだと説明すると、

「このままお帰り下さい」

眼を吊《つ》り上げたかつ枝から、言下に命じられた。

だが、付添い料のこともあるので、かつ枝の後ろに続いた。

神田相生町の久保山家の玄関に入るなり、かつ枝は家の奥へと駆け込んだ。

「いったい、どういうことなの芳乃」

六平太が玄関の土間に足を踏み入れた途端、かつ枝の怒声が奥で響いた。

その後、何やら言い合う姉妹の声がして、芳乃が玄関へとやってきた。

「素性を話さなきゃならない羽目になっちまって」

六平太が、芳乃に詫《わ》びを入れた。

「今日の付添い料を」

用意していたらしく、芳乃が小さな紙包みを袂《たもと》から出した。前回と同じ、一朱（約六千二百五十円）だろう。

六平太が受け取ったところへ、

「用が済んだらお帰り下さいね」

足早に現れたかつ枝が、冷ややかな声を六平太に浴びせた。

「そのつもりでして」

「ちょっとお待ちを」

「芳乃、どうして引き留めるのよ」

「秋月様、姉は、命を狙われているかもしれないんです」

芳乃の声に、玄関の戸を開けかけていた手を、六平太は止めた。

「そんなこと、定かではないんだから」

かつ枝が、力のない声を出した。

「でも、これまで何度も、何者かに後を付けられたりしたんでしょう」

芳乃に言い寄られると、かつ枝はため息をついてその場に座り込んだ。


壁一面に据え付けられた、小さな引き出しのついた簞笥は、薬棚だった。

庭に面した六畳ほどの広さの板張りは、かつ枝の診療部屋だという。

出療治もすれば、通ってくる婦人を診たり療治したりもするのだ。

「こんなところでする話じゃありませんから」

芳乃がそう口にして、六平太は玄関先から診療部屋に招き入れられた。

かつ枝も同席したが、芳乃と六平太からは距離を置いた、庭の近くに背中を見せて座った。

「姉は今月の初めに、あるお武家の娘さんの、堕胎を引き受けたのです」

六平太と向き合うなり、芳乃が口を開いた。

身籠《みごも》っていたのは、十九になる未婚の娘だった。

中条流の医者ともなると、胎児を中絶する技量も持ち合わせていた。

請け負ったかつ枝は、未婚の娘に飲み薬を処方した。

数日後に胎児は流れたが、その三日後、当の娘が血を吐いて死んだのだ。

「娘さんのお屋敷から使いが来て、そのことを知りました」

かつ枝が、ぽつりと呟いた。

「お屋敷からは、死んだことを知らせるために使いが？」

「いいえ」

六平太の問いに口を挟んだ芳乃が、首を横に振った。

「向こうの用件は、未婚の娘御が身籠った胎児を水子にしたのち、原因の分からない死に方をしたことを、他に洩《も》らさないようにとの、きついお達しでした」

かつ枝が、抑揚のない声を出した。

堕胎の前もその後の投薬の時も、かつ枝は行きも帰りも目隠しをされて、駕籠《かご》に乗せられたという。

かつ枝の説明が終わると、六平太に膝《ひざ》を向けた芳乃が凛《りん》とした声を発した。

「にもかかわらず、向こう様は不安だったのでしょう。姉の口から洩れるのを恐れたのか、出療治に行く姉を付けたり、祟り神の絵を表に貼ったりして。命を狙われているようで怖くなったのです」

「この前、あなたが剝がした絵は、姑獲鳥だったね」

六平太が、かつ枝を見て問いかけた。

「ご存じでしたか」

かつ枝が目を丸くした。

「これまでも、狗神《いぬがみ》やぬりぼとけの絵が貼られました」

ため息混じりに、芳乃が言い添えた。

「向こうは、姉さんが処方した薬のせいで娘が死んだと思っているのだろうか」

六平太が、ぽつりと疑問を口にした。

「腹の子を水子にしたのは、これまでに何度もあります。不義の子を宿してしまった娘さんや人の妻となっているお方からの相談が舞い込むのです。ですが、飲んで命を落とした人は一人もいません。それよりなにより、わたしが処方したものは、命に関《かか》わるような薬ではありませんでした」

かつ枝は、自信を漲《みなぎ》らせて、そう主張した。

「相手はお武家です。お家《いえ》の体面を気にして、姉の口を封じようとするのではと、恐ろしいのです」

揃えた膝に眼を落とした芳乃の声が、かすれていた。

日当たりのよい診療部屋に、唐辛子《とうがらし》売りが発する口上が届き、やがて去って行った。

「お屋敷に行くとき、どこの駕籠《かご》屋に頼んでいたんだい」

「いつも、向こう様から差し向けられる女乗り物でした」

そう口にして、かつ枝が頷いた。

女乗り物があるとすれば、大身《たいしん》の旗本か大名家あたりだろう。

「武家屋敷がどこか、まったく見当がつきませんか」

六平太が問いかけた。

かつ枝も芳乃も、乗り物には家紋もなかったと口を揃えた。

まず、相手の素性を知るのが先決だろう。

それさえ分かれば、手立てはいくらでも考えられる。

「この家を出て、東に向かったのは確かです」

かつ枝が、日の当たる庭にぼんやりと眼を向けて、ぽつりと口を開いた。

そして、さらに続けた。

「ほんの少し進んで右に曲がって渡ったのは、和泉橋に間違いないわ」

「ちょっと待って」

立ち上がった芳乃が、診療部屋の棚から紙と矢立を持って、元の場所に座った。

「姉さん、乗り物の中で耳にした音や気になったことを思い出して頂戴《ちょうだい》。わたしが書き留めるから」

芳乃が筆を手にした。

「和泉橋を渡った後は、角をひとつふたつ曲がったくらいで、ほとんどまっすぐだったわね。途中、鐘の音が右側から聞こえた日もあった。あれは、日本橋の時の鐘じゃないかしら」

眼を瞑ったり、首を傾《かし》げたりしながら口にするかつ枝の言葉を、芳乃が紙に書き留めはじめた。

「鐘が聞こえてすぐ、笛や三味線の音が流れたこともあったの」

「あぁ。それなら、葺屋町《ふきやちょう》の芝居小屋のお囃子《はやし》でしょう」

六平太が口を挟んだ。

和泉橋から、時の鐘を右に聞いて南進すれば、葺屋町、堺町《さかいちょう》を通ることは、芝居小屋への付添いを何十回となくこなした六平太には、すぐに分かった。

芳乃は、かつ枝が口にする道筋の様子を紙に書き留めた。

「そのお屋敷の近くには、大きなお寺があるように思ったわ」

かつ枝は何度か屋敷に呼ばれたが、二度ばかり、大勢の僧侶《そうりょ》による読経の声を耳にしたという。

その声は、大伽藍《だいがらん》から響き渡るようだったと、かつ枝は締めくくった。

翌朝の五つ、六平太は久保山家を訪ねた。

かつ枝が口にした記憶を頼りに道筋を辿って、娘が死んだ武家屋敷がどこにあるのか探し当てようという目論《もくろ》みだった。

かつ枝の出療治はなく、通い療治に訪れる人の予定もないというので、昨日のうちに決めていた。

神田旅籠町《はたごちょう》の駕籠屋から、辻《つじ》駕籠を一丁雇った。

「場所の分からない武家屋敷を探すから、どこへ行くか分からないが、それでもいいか」

深い事情は伏せて、六平太が、音の記憶を頼りに行くのだというと、二人の駕籠舁《か》きは好奇心を露《あら》わにして、ようがすと、大きく頷いた。

かつ枝の乗った駕籠の傍《そば》についた六平太は、芳乃に見送られて久保山家を後にした。

和泉橋を渡って、小伝馬町の牢屋敷前、芝居小屋のある葺屋町と堺町に至るまで、昨日のうちに予測していたおかげで、迷うことはなかった。

「ちょっと待ってくれ」

六平太は、銀座の手前の三叉路《さんさろ》で駕籠を止めた。

懐《ふところ》から、芳乃が書き留めた聞き書きの紙を取り出して、確認した。

笛や三味線の音のする辺りを過ぎたら、すぐ右に曲がった――聞き書きに、そう記されていた。

六平太は、駕籠舁きに指示して、銀座の北辺を西へと駕籠を進めさせた。

その先に、かつ枝の記憶通り、水の音や櫓《ろ》の音のする水辺があった。

日本橋川とつながる堀江町入堀《ほりえちょういりぼり》の、堀江町四丁目と小網町《こあみちょう》二丁目横町に挟まれた辺りである。

川を右側にひたすら進んで、橋を渡る——聞き書きの通りに進むと、鎧《よろい》河岸を過ぎ、崩橋《くずればし》を渡って、霊岸島《れいがんじま》新堀に近い箱崎町《はこざきちょう》の四つ辻に行きついた。

ところが、聞き書きの紙には、四つ辻を右に行くのか左なのかが書かれていなかった。

『橋を二つばかり渡って』としかなかった。

「ここは箱崎町なんだが、この四つ辻をどっちに行ったたか、覚えはないかね」

六平太は、かつ枝に一旦《いったん》駕籠から降りてもらい、尋ねた。

かつ枝は戸惑ったように辺りを見回すと、

「ここをまっすぐ行くと、どこへ」

四つ辻の前方を指さした。

「永代橋を渡って、深川です」

六平太が答えた。

「あぁ。深川へ行くときはわたし、いつも両国橋を渡りますので。でも、お屋敷から迎えに来た乗り物は、深川の方には行っていないような気がします」

辺りを見回したかつ枝の物言いに迷いはなかった。

「旦那、武家屋敷ならここの先にいくつかありますぜ」

駕籠舁きの一人が、丸顔を四つ辻の左の方に向けた。

「橋もあったか」

「へい。二つ三つあります」

丸顔が自信を持って、六平太に頷いた。

「よし。行ってみよう」

六平太の声に、かつ枝が駕籠に乗り込んだ。

四つ辻を左へと曲がった駕籠は、久世大和守《くぜやまとのかみ》家の中屋敷などを過ぎ、田安中納言《たやすちゅうなごん》家下屋敷の手前を左に曲がって、永久橋《えいきゅうばし》を渡った。

渡るとすぐ右に道を取って、蠣殻《かきがら》河岸への小橋を渡った。

六平太と駕籠は、大川を遡《さかのぼ》るように進み、川口橋《かわぐちばし》を渡った。

行く手に、新大橋《しんおおはし》が見えたところで、六平太が駕籠を止めた。

「どうも、違うような気がするな」

と、再度、かつ枝に駕籠から下りてもらった。

この先に武家屋敷はあるのだが、めぼしい大寺はない。

それよりなにより、新大橋の方に行くなら、なにも銀座の角を右に曲がることはなかったのだ。

六平太は、駕籠を箱崎町の四つ辻に戻すことにした。

かつ枝は箱崎町まで歩くと言い出して、六平太の後ろに続いた。

四

箱崎町に戻った六平太は、かつ枝を乗せた駕籠を、四つ辻から右へ、湊橋《みなとばし》の方へと向かわせた。

「秋月様」

湊橋を渡ったところで、かつ枝の声がして、六平太は駕籠を止めた。

駕籠舁きが垂れた簾《す》を上げると、

「お屋敷への道々、こんなような醤油《しょうゆ》の匂《にお》いを嗅《か》いだような気がします」

かつ枝が、そう口にした。

辺りを見回した六平太の鼻にも、かすかに醤油の匂いが届いた。

「この辺りは、酒や味噌醤油の問屋の蔵が並んでるからね」

丸顔の駕籠舁きが言った通り、霊岸島一帯は水運がよく、上方《かみがた》や西国、北国から来た船の積み荷が降ろされる場所であった。

「それに、誰かが、亀島橋《かめしまばし》にはどう行けばいいかと尋ねる声もしました」

かつ枝が、記憶の断片を口にした。

「尋ねられたほうは、なんて返答したんだね」

六平太が問いかけると、

「橋を渡ってまっすぐとか、川にぶつかるとどうとか、そんなようなことを」

かつ枝は、朧《おぼろ》な記憶を自信なさそうに口にしたが、六平太は内心にやりと笑った。

進むべき方向の目途《めど》が立ったが、六平太は何も言わず、駕籠を進めさせた。

かつ枝に予断を与えないほうがいいと判断したのだ。

かつ枝の記憶を記した芳乃の聞き書きには、亀島橋と思《おぼ》しき橋を渡った乗り物は、すぐに左へ曲がったと記されてあった。

町中の道を、ひとつふたつ角を曲がって進むと、もう一度橋を渡り、その後は、道をまっすぐに進んで、屋敷の中に入った——かつ枝はそう記憶していた。

亀島橋を渡った後、もう一度渡ったのは、おそらく八丁堀《はっちょうぼり》に架かる中《なか》ノ橋《はし》だろうと推測した六平太は、八丁堀南の通りを南に行くよう、駕籠舁きに指示した。

摂津《せっつ》、尼崎《あまがさき》藩藩主、松平遠江守《まつだいらとおとうみのかみ》家の上屋敷を過ぎたところで、道は右側の築地《つきじ》川《がわ》と並行した。

「止めてくれ」

六平太が、駕籠舁きに声をかけた。

「もう、降りてもいいよ」

六平太に促されて、駕籠から降りたかつ枝が、小さく「あ」と声を洩らして、

「いつもではありませんでしたが、風の向きによっては、今のように強い潮の香りや、魚の腐ったような匂いがしていました」

と、辺りを見回した。

六平太は、己の推測に間違いがなかったと確信した。

潮の香りが強いのは江戸湾が眼の前だからだ。

魚の腐った匂いがしたのは、干魚を作る漁師が住む南小田原町《みなみおだわらちょう》が近いせいだ。

「あれは」

かつ枝が南の方の、高木に囲まれた大屋根を指さした。

「西本願寺《にしほんがんじ》ですよ」

六平太が返事をすると、

「それじゃ、大勢のお坊さんの読経は、あそこから――」

かつ枝は、最後の言葉を飲み込んだ。

目隠しをされて連れて来られた武家屋敷が、この近くにあるのだと思い至ったよう

だ。

築地川の東側には武家屋敷があったが、数は大して多くはない。

最近、娘を亡くしたお屋敷は、おそらくこの一帯の中の一軒だろう。

西本願寺から、八つを知らせる鐘の音が届いた。


神田川の流れが西日を受けてきらきらと輝いていた。

築地で駕籠を帰すと、六平太は、かつ枝を神田相生町の家に送り届けた。

家に上がってお茶でもと、久保山家の姉妹に誘われたが、六平太は丁寧に断って、元鳥越に向かった。

神田川に架かる新シ橋《あたらばし》の北詰を通り過ぎ、久右衛門《きゆうえもん》河岸の先を左に曲がって、籾《もみ》御蔵と出羽《でわ》、鶴岡《つるおか》藩酒井《さかい》家下屋敷の間を通る道を甚内橋《じんないばし》の方へと進んだ。

大きな屋敷の間の道に日は届かず、翳《かげ》っていた。

角を二つ曲がった先の、佐竹左近　将監《さたけさこんのしようげん》家上屋敷の角から、見覚えのある人影が二つ現れた。

「秋月さんじゃありませんか」

声を発したのは、目明かしの藤蔵《とうぞう》を引き連れた矢島新九郎《やじましんくろう》だった。

「珍しいところで会うねぇ」

六平太が立ち止まると、両者は人通りのない小路《こうじ》で向かい合った。

「本所の方で、喧嘩《けんか》騒ぎがあって、死人が二人出たんですよ」

藤蔵が、声を潜めた。

「香具師同士の喧嘩だから、死人を出した側の連中にしても、渡世の意地ってものがあるらしく、やったのが誰か、なかなか口を割りませんでね」

新九郎が口にした、香具師同士の喧嘩というのが、六平太の耳に残った。

「でもま、いろいろ探ってみますと、本所の香具師で和藤治ってのが居たんですが、つい最近、他所《よそ》の香具師のもとに鞍替えした子分に、和藤治のもとに残った子分が襲い掛かったということが分かりました」

そういうと、藤蔵は小さくため息をついた。

本所、緑河岸の根城を追われた和藤治も、付き従った子分たちの居所も杳《よう》として知れず、下手人の捕縛には至っていないと、藤蔵は付け加えた。

「それじゃ、また」

軽く右手を上げた新九郎は、藤蔵と共に神田川の方へと足を向けた。

六平太は、新九郎と藤蔵に、和藤治との因縁を告げなかった。

翌日、日がだいぶ昇ってから、六平太は市兵衛店を後にした。

本郷《ほんごう》から小石川《こいしかわ》を通って、雑司ヶ谷を目指すつもりだった。

六平太が昨日、かつ枝を神田相生町に送り届けた後市兵衛店に帰ると、

「音羽《おとわ》の甚五郎《じんごろう》さんの使いが見えましたよ」

大家の孫七《まごしち》が、路地から顔を突き入れた。

使いに来たのは甚五郎の子分の竹市《たけいち》で、おりきに頼まれて来たと告げていた。

明日、八王子の豊松が雑司ヶ谷に来る——それが、おりきからの伝言だった。

音羽に着くと、六平太はどこにも立ち寄ることなく、雑司ヶ谷の作蔵の家に向かった。

六平太が作蔵の家に着いた時には、すでに豊松は着いていた。

作蔵夫婦と倅《せがれ》の弥吉《やきち》、それに穏蔵と並んで昼餉を摂っていた豊松が、

「ついさっき着きまして」

六平太に頭を下げた。

「昼餉がまだなら、秋月さんもどうです」

作蔵の女房が、握り飯と漬物の載った皿を六平太の前に置いた。

遠慮なく、と声にして、六平太は握り飯を頬張った。

豊松は、昨夜、高井戸《たかいど》村の知り合いの家に泊めてもらい、日が昇ってから雑司ヶ谷を目指したという。

昼餉が済むと、作蔵が、女房と弥吉を囲炉裏端から去らせた。

自分の今後のことについて話し合いがもたれたのだと知っている穏蔵は、俯《うつむ》きがちだった。

「お前はこの先、どうしたいというものはあるのか」

豊松が、穏蔵に穏やかな声を掛けた。

「別に、これというものがあるわけじゃないんだ。ただ、もう、『京屋《きようや》』さんには戻りたくないんだよ。『京屋』さんがいやというんじゃなく、お店奉公《たなぼうこう》というのが、おいらにはどうにも不得手で」

穏蔵の声は歯切れが悪かった。

「これというものがないのなら、八王子に戻ってお父《と》っつぁんの仕事を手伝うんだな」

六平太は、突き放した物言いをした。

それには何も答えず、穏蔵は項垂《うなだ》れた。

「あれから折に触れ、それとなく穏蔵の思いを探ってみたんですが」

作蔵が、穏蔵は八王子に戻る気はないようだと口にした。

このまま江戸に居て、仕事を見つけたいようだと付け加えた。

「どんな仕事がしたいんだ」

六平太が問い質《ただ》すと、穏蔵は黙った。

「いっそ、作蔵さんに付いて竹細工の修業をするか？」

六平太は苛立《いらだ》っていた。

「穏蔵は読み書き算盤《そろばん》が出来るから、どこのお店に行っても重宝されると思うんだがなぁ」

作蔵の呟きに豊松も相槌《あいづち》を打った。

お店奉公が嫌だと言うなら、後は手に職をつけるか、市兵衛店の住人、三治や熊八のような噺家や大道芸人になるほかあるまい。

「秋月様、ちょっと」

穏蔵を囲んでの話し合いが暗礁に乗り上げたとき、豊松が腰を上げた。

六平太は、豊松の後について、庭に面した縁側に出た。

「なにも、押し付けるつもりでは決してないのですが、穏蔵の今後については、秋月様にお任せしたいと存じます」

豊松が、淡々と口にした。

「しかし」

「秋月様」

言いかけた六平太を、豊松が静かに留めた。

「穏蔵はもう、秋月様が本当の父親だと、うすうす、いや、かなり、そうだと気づいてますよ」

豊松が言っていることは、六平太も頷けた。

四年前、江戸見物に来た穏蔵を八王子に送り届けたことがあった。

道中、ほとんど口を利かなかった穏蔵に、

「おじちゃんは、お父っつぁんじゃありませんか」

八王子に着いた途端、いきなり尋ねられたことがあった。

その時は、違うと返答したのだが、六平太は内心うろたえた。

「秋月様を父親だと思えばこそ、江戸に居たいと言い張っているのではないかと、わたしには、そう思えて仕方ないのですよ」

「しかし豊松さん」

「わたしは何も、穏蔵を秋月様にお返ししようとか、親子の名乗りをなさいませと申しているのではないのです。自慢じゃありませんが、穏蔵を、人前に出しても恥ずかしくない男に育てたという自負もございます。可愛《かわい》いです。ですが、穏蔵が秋月様を慕って江戸に居たいというなら、気が済むようにさせたいという思いも、一方にはございまして」

豊松の声が、六平太の胸に沁《し》みた。

「分かりました」

六平太が、静かに口を開いた。

雑司ヶ谷の作蔵の家を後にした六平太は、目白坂の途中にあるおりきの家に立ち寄ることにした。

「さっき帰って来たとこでしてね」

六平太が茶の間に上がり込むと、おりきが髪結いの道具の手入れをしていた。

六平太は、作蔵の家で、穏蔵の今後について話し合った一件を打ち明けた。

「なるほどね。豊松さんのいうことは、もっともなことですよ」

そう呟くと、おりきはふうと息を吐いた。

「それじゃ、穏蔵は六平《ろっぺい》さんが引き取るんですか」

「いや。おれじゃ、無理だ」

六平太が、手を大きく横に振った。

「さっき、みんなの前で、穏蔵は作蔵さんが引き受けると言ってくれたよ」

穏蔵が家に寝泊まりしていると、倅の弥吉も嬉しそうだし、家の手伝いをしてくれるというので、女房も喜んでいるのだと、作蔵は顔を綻《ほころ》ばせていた。

「おれは今日、このまま元鳥越に戻るが、おめぇにちょいと頼みがある」

「ほう。なんです」

おりきが手を止めた。

「わざわざじゃなくていいんだが、折があったら穏蔵に会って、どんな仕事をしたいのか、腹の底を探っちゃくれねぇか」

「わたしが？」

「おれが何か言うと、ついつい追い詰めるような口調になるようで、あいつの口が重くなっちまうんだよ」

「分かったよ」

きっぱりとした口調で、おりきが請け合ってくれた。


音羽から元鳥越に戻った翌日、六平太は、出療治に出掛けたかつ枝の付添いを済ませた。

正午過ぎには神田相生町の家に送り届けたが、その間、かつ枝の身辺に危険が及ぶことはなかった。

夕暮れ時になると、元鳥越一帯は俄《にわか》にざわざわとする。

家で仕事をする職人の家では片づけが始まり、出職の職人は家路を急ぐ。

市兵衛店も例外ではなく、お常や大家の女房が夕餉の支度に動き回り、六つ時分には、大工の留吉や大道芸人の熊八が、仕事先から戻ってくる。

「秋月さん、目星がつきましたよ」

六平太が湯屋から戻ってすぐ、仕事帰りの熊八が路地から顔を突き入れた。

「飲みながら話してくれ」

六平太は、土間を上がった熊八の目の前に、湯呑と徳利を置いた。

作蔵の家に向かう前夜、六平太は熊八に頼みごとをしていた。

築地の西本願寺の東側の武家屋敷の中に、最近、娘を病で亡くした家がないか探り出してもらいたいという内容だった。

熊八の同業の中には、土地土地の情報を手に入れることに長《た》けた者がいて、これまで、何度か力を借りたことがあった。

「同業の鹿之助《しかのすけ》という者が探り当てたのは、三千石の旗本で、作事奉行を務める平子《ひらこ》主水正《もんどのじょう》の屋敷です。その屋敷には、小菊《こぎく》という十九の娘がいたのですが、半月ほど前に病死して、弔いを出したことが分かりました」

そこまで口にすると、熊八が徳利の酒を湯呑に注いだ。

平子家屋敷の近辺、出入りの商人からも、小菊に関する細々とした情報を、鹿之助は得ていると、熊八は告げた。

「秋月さん、平子家の小菊という娘は、とんでもない女でしたよ」

声を潜めた熊八が、湯呑を口に運んだ。

鹿之助が調べたところによれば、小菊は男遊びが派手だったという。

役者買いもし、踊りの師匠とも懇《ねんご》ろになり、陰間《かげま》を座敷に呼んで遊んだこともあったようだ。

好きな相手が出来ると、男を伴って店に現れ、着物を誂《あつら》えてやるのだと、出入りの呉服屋の手代が洩らしていた。

かつ枝が診ていたのは、道ならぬ恋の末に身籠った哀れな娘だと思っていたが、それはどうやら、六平太の思惑違いだった。

五

熊八から話を聞いた翌日、六平太は朝餉を摂ると、すぐに動き出した。

小菊と懇ろになった踊りの師匠は、藤波京太郎《ふじなみきようたろう》という三十を二つ三つ超えた男だということだった。

芝、宇田川《うだがわ》横町に住んでいることは、大道芸人の鹿之助が確認していた。

「ごめん」

『藤波流舞踊』の看板が下がっていた木戸を開けて、六平太は一軒家の出入り口の戸を叩いた。

ほどなく、家の中に人影が立って、戸が開けられた。

「どちら様で」

中から顔を出したのは、二十半ばの色白の男である。

藤波京太郎かと尋ねると、華奢《きやしや》な指を頬に当てて、弟子だと言い、

「お師さんは、この何日か寝込んでお出でで」

そう付け加えて、顔を曇らせた。

だが、病ではなく、足腰を痛めて動けないだけだという。

平子家の小菊の件で尋ねてきたと、取次ぎを頼むと、

「お師さんが、お会いするそうです」

弟子に案内された六平太は、庭に面した部屋に通された。

三つに折り畳んだ夜具を二段に重ね、まるで脇息《きようそく》のように寄りかかっていた浴衣の男が、

「藤波京太郎です」

と、横座りしたまま名乗った。

身体を動かすのに難儀をするだけで、まったく動けないというのではなかった。

「小菊さんのことでお出でになったと聞きましたが」

京太郎が、六平太を窺うように見た。

六平太は、身籠っていた小菊が死んだことを知っているのかと尋ねた。

「存じてます」

京太郎は頷いた。

「腹の中の子は、わたしのですか」

身籠ったことを聞かされた時、京太郎が小菊に尋ねると、

「わたしの子よ」

そう囁いて、うふふと笑ったという。

京太郎は、小菊には他に男が居ることを知っていた。

「ですから、惚《ほ》れた腫《は》れたというような付き合い方ではなかったんですよ。まぁ、わたしにしても、都合いい遊び相手といいますか。それは、小菊さんだって同じだったと思いますよ」

ほんの僅《わず》か体を動かそうとした京太郎が、痛みに顔を歪めた。そして、

「小菊と関わったことは、今じゃ後悔してるんですよ」

京太郎が、ふうと息を吐いた。

踊りの弟子の一人から、小菊が死んだと聞かされた何日か後、京太郎は何者かに襲われたと打ち明けた。

御鼠屓筋に招かれた日本橋の料理屋から帰る途中、待ち伏せをしていた覆面の侍に、腰や脚を木刀でしたたかに打たれたという。

「あれは、孕《はら》ませた相手を懲らしめようとした、小菊の親が差し向けた家来ではないか思いました」

そこまで口にした京太郎が、怯《おび》えたように肩をすくめた。

「もしかすると、小菊と関わった男たちは、わたしみたいにひどい目に遭ってるんじゃありませんかねぇ。役者の河原崎源之助も行き方知れずだと耳にしましたし」

「河原崎源之助だって？」

六平太が、思わず聞き返した。

三治が口にした、行方の分からなくなった役者の名だった。

「わたしとの間が遠くなった後、小菊さんは森田座の役者と仲良くなったという噂が流れましたから」

京太郎の口ぶりは、淡々としたものだった。

京太郎の家を後にした六平太は、その足で木挽町《こびきちょう》に向かった。

小菊が、河原崎源之助をたびたび呼び出していたのは、森田座に近い芝居茶屋『槇《まき》家《や》』らしいと、京太郎が教えてくれた。

「旗本家の娘に呼ばれて、こちらにちょくちょく顔を出していた河原崎源之助という役者について話を聞きたいんだが」

六平太が口を開くと、

「わたしどものお客様のことを、滅多にお話しするわけにはまいりません」

応対に出た『槇家』の主人から、予想した通りの答えが返って来た。

「そりゃそうだろうね。分かるよ。けどね、平子家の小菊さんは若くして病で亡くなり、恋仲だった河原崎源之助は行方知れずだそうだ。源之助の友人が心配して、おれと同じ長屋に住む噺家に相談したんだよ。というのも、おれの知り合いに、剣術の道場の門人で、北町奉行所の同心や、日本橋と神田界隈で御用聞きを務める男がいるもんだから、なんとか探してもらえないものかと、おれから口を利いてほしいという魂胆があったらしいのだ。だがよ、役人が動くと大げさになって、何かと差し障りも出て来るし、それでとりあえず、おれ一人で動いてみようと、こうしてのこのこ出向いて来たというわけなんだよ」

六平太は、穏やかな口調で事情を口にしたが、役人のことを持ち出すなど、いやらしい手ではあった。

「わたしが、河原崎源之助さんを最後に見たのは、芝居の跳ねた夜のことでした」

ほんの少し思案を巡らせた主人の口から、客の名が出た。

「その夜、源之助さんは一人で見えたんですよ。久しぶりに小菊さんから呼び出しが来たと嬉しそうでしたが、小菊さんからわたしどもには、なんの知らせもなかったんです」

主人は、源之助を部屋で待たせたという。

すると、待ち合わせ時刻の六つ半（七時頃）になると、源之助を訪ねて若い侍が芝居茶屋『槇家』にやってきた。

源之助は、土間に立った若侍から何ごとか耳打ちされると、大きく頷いて、

「場所を替えることになりました」

と、『槇家』の主人ににこりと笑いかけた。

源之助はそのまま表に出て、若侍が用意した辻駕籠に乗ってどこかへと去った。

「源之助さんの姿が消えたと耳に入ったのは、その夜から二日が経った日でした。役者仲間の間では、源之助は、小菊さんの後を追って死んだんじゃないかという噂があることを知ったのです」

小菊が死んだのは、源之助が姿を見せた日の前日だと、その時初めて知った主人は、思わず身震いをしたと、六平太に語った。

「河原崎源之助を乗せた辻駕籠は、どこの駕籠屋だったね」

六平太が尋ねると、『槇家』では呼んだことのない駕籠屋との返事だった。

だが主人は、梶棒《かじぼう》に下がっていた提灯《ちょうちん》に、鉤《かぎ》の印に「政」の字が記されてあったのを覚えていた。

六つを過ぎた木挽町築地一帯には、まだ明るみが残っていた。

芝居茶屋『槇家』を後にしてから一刻《いっとき》（約二時間）ばかりの間に、六平太はかなり歩いた。

真っ先に向かったのは、日本橋、上白壁町《かみしらかべちょう》にある、目明かしの藤蔵の住まいだった。

「鉤の印に政の字の提灯の駕籠屋を知らないか」

六平太は、運よく家にいた藤蔵に尋ねた。

「あぁ。それは、小伝馬町の〈かねまさ〉ですよ」

仕事柄、藤蔵は町場のことに精通していた。

藤蔵の家を後にした六平太は、その足で小伝馬町の駕籠屋を訪ねた。

芝居茶屋『槇家』に河原崎源之助を迎えに行った駕籠舁きから話を聞き終わると、人形町《にんぎょうちょう》の飯屋で夕餉の丼を掻き込んだ六平太は、木挽町築地の平子家へと足を向けた。

「行方知れずになった、河原崎源之助という役者の行方を捜している」

屋敷の玄関に立った六平太は、応対に出た若い家臣に名を名乗り、来意を告げた。

応対に出た家臣が一旦奥に引っ込むと、寸刻、なんの反応もなかった。

おそらく、訪ねてきた浪人をどう扱うか協議しているに違いない。

「こちらへ」

先刻の家臣が式台に立って、頭を小さく縦に振った。

六平太が案内されたのは、廊下の奥の、二方が襖の八畳の部屋だった。

若い家臣が去るとすぐ、廊下側の障子が開いて四十ばかりの侍と、三十に近い侍が部屋に入り、六平太と向き合う形で座った。

「当家用人、菅井又右衛門《すがいまたえもん》と申す」

年上の侍が名乗ると、

「小納戸方、佐川慶次郎《さがわけいじろう》」

若い方も名乗った。

「秋月殿とやら、なにやら役者をお探しとのことだが、役者をお探しなら、芝居小屋へ行かれるべきと存ずるが」

菅井が、木で鼻を括《くく》ったような言い方をした。

「玄関でそう申されればよいものを、わざわざ、部屋に上げておいてその口上ですか」

六平太が、小さく片頬を歪めて笑った。

「先般、病で亡くなられたこちらの小菊様と、河原崎源之助という役者との関わりをご存じゆえに、本当は、わたしが何しに来たのか気になったというところでしょう」

笑み混じりで述べた六平太の眼差《まなざ》しを、菅井と佐川がうろたえたように逸《そ》らした。

やはり、小菊と河原崎源之助との仲を屋敷の者たちは知っていたようだ。

うろたえた菅井が、障子と反対側の襖の方にふっと眼を向けたことに、六平太は気付いた。

「しかし、河原崎源之助を捜すのに、なにゆえ当家に参られた」

菅井の口調が俄にいかめしくなった。

「芝居茶屋の者の話によると、小菊様が亡くなられた次の日、河原崎源之助が、小菊様に呼び出されたと言って、芝居茶屋『槇家』に現れたそうです」

「亡くなられた小菊様がどうして」

菅井の声は怒声に近かった。

「おそらく、小菊様の名を騙《かた》った何者かに呼び出されたのでしょう」

六平太はさらりと口にし、さらに続けた。

「現に、若い侍が芝居茶屋に現れて、河原崎源之助に耳打ちをしたと言います。すると、河原崎源之助は笑みを浮かべて茶屋を出て、若侍が用意した駕籠に乗って去って行ったそうです。河原崎源之助の行方が杳として分からなくなったのは、その夜でしてね」

六平太がそう口にすると、今度は佐川が、さっき菅井が眼を向けた襖の方をちらりと見た。

「そのことと、当家とどう関わりがあると申される」

両手を膝に置いた菅井が、すっと背筋を伸ばした。

「河原崎源之助を乗せた駕籠は、小伝馬町の駕籠屋、〈かねまさ〉のものでした」

藤蔵に会った後〈かねまさ〉に出向いた六平太は、そのことを駕籠舁きの口から聞いて確認していた。

「駕籠舁きに聞きますと、付き添った若い侍の指示で、芝居茶屋で乗せた河原崎源之助を、こちらのお屋敷の前まで乗せたということで」

「偽りを申すな！」

六平太の言葉を断ち切るような大声を発したのは、佐川慶次郎だった。

「嘘《うそ》偽りを並べ立てて、当家を貶《おとし》めようとする浪人風情など、この場で討ち取ったほうが」

興奮した佐川が、刀に手をかけて腰を浮かしかけた。

「なにゆえ、嘘偽りと断言できる」

六平太が問いかけると、佐川は顔を紅潮させ、ぶるぶると身体を小刻みに震わせた。

「駕籠はお屋敷には来ておらん！　築地川の手前で帰したからな！」

口走った佐川が、『あ』と、口を開いたまま凍り付いた。

「役者を迎えに行ったのは、その方か！」

菅井が鋭い声を向けると、佐川の身体の震えがさらに大きくなった。

「河原崎源之助と二人になって、あんたはどうしたんだ」

六平太も鋭い声を投げかけた。

その時、菅井と佐川が気にしていた襖がすっと開いて、次の間から四十絡みの堂々とした侍が現れた。

「殿っ」

そう口にした菅井が手を突くと、佐川も慌ててひれ伏した。

屋敷の主《あるじ》、平子主水正は次の間で話に耳を傾けていたに違いなかった。

「佐川、なにがあったのだ」

主水正の厳しい口ぶりに、佐川はひれ伏したまま、ううぅと呻《うめ》きはじめた。

平子家からの帰り、六平太は神田相生町の久保山家に立ち寄った。

五つ（八時頃）は過ぎていたが、小菊の死の真相を一日でも早く伝えておきたかった。

来意を聞いた久保山姉妹は、夜分にもかかわらず、六平太を家に上げてくれた。

芳乃に案内されて診療部屋に行くと、

「小菊様の死の真相が分かったとは、いったい」

かつ枝が、引いていた薬研《やげん》の前から離れて、六平太の向かいに座り直した。

「実は、小菊さんの生家、平子家に行った帰りでしてね」

六平太は、平子家の家臣、佐川慶次郎が、当主に問い詰められた末に自白した内容を姉妹に語り出した。

佐川は、三年前、小菊の私物の購入、調達を行う役目に就いた。

それから間もなく、小菊と懇ろになったという。

ところが、屋敷の外に出るようになった小菊は、外の世界に眼を向けるようになり、やがて、踊りの師匠や役者と親しくなっていく様子を目の当たりにして、佐川は嫉妬《しっと》を募らせていった。

「お慎みを」

そう自制を促す佐川を、小菊は遠ざけるようになった。

今年の二月末、侍女たちの動きに異変を感じた佐川は、小菊の妊娠を知った。

「断じて、お前の子ではない」

誰の子かと問い詰めた時、小菊からは馬鹿にしたような返事を浴びせられた。

一年以上も、身体に触れていなかった佐川は、己の子でないことは百も承知だったが、冷笑を交えた小菊の物言いに、敵意すら覚えたと口にして、唇を嚙《か》んだ。

そして、三月の初め、佐川は、小菊が寝込んでいることを知った。

ある日、部屋に忍び込んだ佐川は、思わず立ちすくんだという。

布団に横になった小菊の顔は青ざめてやつれ、息も細かった。

数日前、屋敷に女医者が来たことを耳にしていた佐川は、小菊の腹の子は水子にさせられたのだと確信した。

「何かあれば、また以前のように、わたしにお声をお掛けくださいますよう」

やつれ果てた小菊が哀れになって、佐川は声を振り絞った。

すると、

「お前を見ていると、吐き気がする」

病の床に就いている小菊が、そう言って、薄笑いを浮かべた。

弱って寝ているにもかかわらず、そんな言葉を吐いた小菊を初めて憎んだと、佐川は吐き出した。

その二日後、小菊の薬湯に、石見《いわみ》銀山の鼠捕《ねずみと》りを混ぜ入れた。

小菊が死んだのは、その日の夕刻だった。

自暴自棄となった佐川は、その後、踊りの師匠を木刀で襲い、小菊の名を騙って芝居茶屋に呼び出した河原崎源之助を連れ出した。

駕籠舁きを帰すとすぐ、昼間なら佃島《つくだじま》の見える船松《ふなまつ》河岸に連れて行き、河原崎源之助を斬殺《ざんさつ》して、死骸《しがい》を海に捨てた。

「こちらの塀に祟り神の絵を貼ったのも佐川の仕業でした」

六平太が口にすると、姉妹が目を丸くした。

佐川は、嫉妬と憎しみに常軌を逸していた。

告白を聞き終わった平子主水正が、菅井の脇差を抜き取るや否や、佐川の脇腹に深々と突き入れたと伝えると、かつ枝も芳乃も息を呑んだ。

「わたしが、式台から門へ向かっていると、ご当主に呼び止められましたよ」

六平太は、苦し気な主水正の顔を思い出していた。

「小菊の不始末とはいえ、授かった子を水子にしたことに罪の意識はあったのだ。医者とは申せ、腹の子を始末するあの女医者に、つい恨みに似た思いを抱いたのも事実だ」

主水正は、苦しい胸の内を誰かに聞いてもらいたかったのだろう。六平太の返事も待たず、口を開いた。

「小菊がもし、堕胎をすれば済むという安易な考えから、男と逢瀬《おうせ》を重ねていたとすれば、世の中から堕胎医がいなくなればいいとまで思ってしまった」

そこまで口にして、主水正は大きく息を吐いた。

「なにかと、相済まぬことであった」

門を出ていく六平太の背に、主水正のかすれ声が届いた。

「娘御の不義の責めを医者に押し付けるのは、言いがかりもはなはだしいと思います」

六平太の話を聞いていたかつ枝が、凜《りん》とした声を発した。

「腹の子を水子にと望む者の多くは、暮らしに困っているからなんです。世間に知られては困る赤子を身籠った女は、どうすればいいのですか。追い詰められて、自分で自分の身体を痛めつけて腹の子を流した娘や人の妻を何人も見てきました。思い余って川や海に身投げした者もいます。そういう女の人たちを救いたくて、わたしは手を貸しているのです。赤子を水子にする罪を、わたしは背負っているつもりです」

静かだが、力強いかつ枝の声だった。

小さく息を吐くと、かつ枝は薬研の前に座った。

池之端の寺の門前で手を合わせていた、かつ枝の背中が思い出された。

一分（約二万五千円）という過分の礼金を貰った六平太は、夜の町を急いでいた。

神田相生町の久保山家を後にすると、元鳥越の居酒屋『金時』を目指した。

いつもなら暖簾を下ろしていてもおかしくない時刻だが、長っ尻の客がいれば四つ

（十時頃）を過ぎて店を開けていることもあった。

朝から歩き回った六平太は、一日の締めに、なんとしても酒を口にしたかった。

甚内橋を渡って、鳥越明神から御蔵前に続く往還に出た六平太が、ぱたりと足を止めた。

居酒屋『金時』のある辺りは暗く、提灯も下がっていなかった。

六平太はしかたなく、鳥越明神脇の小路へと足を向けた。

灯の消えた市兵衛店には、月明かりが射《さ》していた。

木戸を潜った六平太が、びくりと立ち止まった。

「いまお帰りで」

路地に立っていた人影が動いて、月明かりが弥左衛門の顔を浮かび上がらせた。

「夕方にも見かけましたが、ほんの少し前にも、妙な男が長屋を窺ってましたよ。声を掛けましたら、すっと居なくなりましたがね」

弥左衛門が平然と口にした。

「多分、その男の狙いはおれでしょう」

六平太が答えると、弥左衛門が意外そうな顔をした。

市兵衛店を窺っていた男というのは、恐らく緑河岸の香具師、和藤治の子分だろう。

六平太の動向を窺っているに違いなかった。

「おれは明日から、しばらく元鳥越を離れますから、ごたごたは起きますまい。どうかご安心を」

笑み混じりで会釈をして、六平太は路地の奥の我が家の戸を開けた。

土間を上がるとすぐ、明かりを点《つ》けることもせず、流しの近くに這《は》い寄った。

射し込む月明かりに、片隅の通い徳利が見えた。

摑んで振ると、中で微かに、酒の揺れる音がした。

蓋《ふた》を取った六平太は、徳利の口から飲んだ。

徳利は、すぐに空になった。

猪口《ちょこ》一杯分くらいの、美酒だった。

第三話　鬼の棋譜

一

あと僅《わず》かで、四月になるという昼下がりである。

六平太《ろっぺいた》は湯島《ゆしま》の坂を上っていた。

江戸は、一段と日射《ひざ》しが強くなった。

昨夜、隣に住む弥左衛門《やざえもん》から、妙な男が市兵衛店《いちべえだな》を窺《うかが》っていたと聞いた。妙な男というのは、六平太に恨みを抱く香具師《やし》の和藤治《わとうじ》の子分だと思われた。

それを恐れて市兵衛店を離れたわけではなかった。

雑司ヶ谷《ぞうしや》の竹細工師、作蔵《さくぞう》の世話になっている穏蔵《おんぞう》に、仕事の当てが出来たかどうか、前々から気になっていた。

八つ半（三時頃）を過ぎて音羽《おとわ》に着いた六平太は、作蔵の家に行く前に、おりきの家に立ち寄ることにした。

「いるかぁ」

六平太が戸口の土間に踏み込んで声を掛けると、

「いますよぉ」

声と共に、茶の間の方からおりきが出てきた。

「おや。お上がりじゃないんで？」

「うん。その前にちょっと、雑司ヶ谷の様子を見てこようと思ってよ」

六平太は、曖昧《あいまい》な返答をしてしまった。

「穏蔵さんなら、音羽に来てますよ」

おりきがさらりと口にした。

髪結いに出かけた帰り、音羽五丁目の通りで、青物を入れた笊《ざる》を抱えて歩く穏蔵に声を掛けたという。

「菊次《きくじ》さんに頼まれて、『吾作《ごさく》』の手伝いをしていますす」

穏蔵はそう告げて、『吾作』のある八丁目の方へと足早に去ったと、おりきが説明をした。

「しばらくこっちに居るんなら、明日ゆっくり話をすればいいじゃないか。とにかく、お上がんなさいよ」

「それがよ、ゆっくりもしてられねぇんだよ」

六平太の声に、奥に行きかけたおりきが振り向いた。

「三、四日、こっちでのんびりするつもりだったんだが、出掛けに神田の口入れ屋の使いが来たんだよ。それが明日の朝の付添いでよ」

六平太はしかめ面をして見せた。

一旦は断ろうとしたのだが、付添い料が破格の一分（約二万五千円）と聞いて、請け負うことにした。

「だったら、今日の内に『吾作』に顔をお出しよ」

おりきにそう勧められて、六平太は、家に上がることなく、『吾作』へ足を向けた。

関口駒井町《せきぐちこまいちょう》のおりきの家から、音羽八丁目の裏道にある『吾作』までは、たいした道のりではない。

目白坂を下って、桜木町《さくらぎちょう》の角を左に曲がり、緩やかな坂を護国寺《ごこくじ》の方へと上って行けば左手にある。

居酒屋『吾作』の戸は開いていたが、まだ暖簾《のれん》も掛けられてはおらず、提灯《ちょうちん》も下がってはいなかった。

「おれだ」

六平太が声を掛けて店の土間に足を踏み入れると、障子の桟《さん》を拭いていた穏蔵が小さく会釈した。

「今時分なんすか」

手を止めた菊次が、板場から首を伸ばした。

昼と夜の営業の間の、仕込みの時刻だった。

「おりきから、穏蔵がここを手伝ってると聞いてよ」

ぶっきらぼうな物言いをした六平太は、近くにあった樽《たる》に腰掛けた。

「おりき姐《ねえ》さんから、穏蔵が江戸で仕事を探してると聞いたもんだから、見聞を広めるためには飲み屋を手伝うのが一番だと思ってさ」

なにをもって一番だと言うのか分からないが、菊次は自信を持ってそう口にした。

「着物、買ったのか」

六平太が、穏蔵が着ている着物に眼《め》を留めた。

この前着ていた物とは、柄が違っていた。

「おりきさんに古着を買っていただきました」

穏蔵が、頭を下げた。

まるで、おりきに命じて買わせたのは六平太だと思っているような様子が穏蔵から窺えた。

六平太は大いに戸惑っていた。

穏蔵は、既に、周りに受け入れられているようだ。

「なにか、これという仕事は思いついたのか」

努めて冷静に、六平太は問いかけた。

「いえ。まだ」

小さく口にして、穏蔵は俯《うつむ》いた。

「いつまでも、作蔵さんや周りの人たちの世話になるわけにはいかないぞ」

「分かってます。そのうち、音羽で見つけます」

「なにも、音羽でと決めてかかることはねぇんだよ」

「いや、兄ぃ、音羽がいいです」

菊次が口を挟んだ。

「音羽にゃ護国寺様があるから、人が大勢集まる。そういうとこには、いろいろと仕事の口が転がってるもんですよ」

そう続けた菊次が、大きく頷《うなず》いた。

「おれは、明日早く音羽を出るから、作蔵さんには、おめぇからよろしく伝えておいてくれ」

腰を上げた六平太が、穏蔵に声を掛けた。

「それは、明日でもいいですか」

穏蔵が、上目遣いで六平太を見た。

「穏蔵は店を手伝うんで、今夜はここに泊まることになってるんですよ」

菊次はそういうと、さらに、

「なんなら今夜、おりき姐さんと飲みに来ませんか」

誘いを受けたが、六平太は曖昧な返事をして、店の外に出た。

関口の台地の西に日は隠れて、裏通りは既に翳《かげ》っていた。

翌朝、日の出と共に音羽を出た六平太は、四谷《よつや》を目指した。

付添いの依頼主は、芝、金杉同朋町《かなすぎどうぼうちょう》にある『出羽屋《でわや》』という材木商だと聞いていた。

四谷から赤坂《あかさか》御門を通って芝へと向かうつもりだった。

昨夜、六平太は、結局、『吾作』には行かなかった。

「軽く飲みに行きますか」

夕餉の後、おりきに誘われたのだが、断った。

おりきの物言いに、〈穏蔵の居る『吾作』に行きたくはないのか〉という匂《にお》いを感じて、拒んでしまった。

親馬鹿と思われるのが、癪《しやく》といえば癪だった。

材木問屋の『出羽屋』に着いたのは、増上寺《ぞうじようじ》の時の鐘が五つ（八時）を打ち終わった頃合いだった。

店先で来意を告げると、手代らしい奉公人に、鉤《かぎ》の手になった土間から裏の母屋へと導かれた。

母屋では、年増《としま》の女中に引き継がれて、庭に面した座敷に通された。

待つほどのこともなく、庭の縁側から、薄緑の着物を着た五十がらみの男が現れて、下座に腰を下ろした。

「『出羽屋』の勘兵衛《かんべえ》と申します」

五十がらみの男が丁寧な物言いをした。

同業である、木場の材木商『飛驒屋《ひだや》』の主、山左衛門《さんざえもん》から六平太の稼業を知って、『もみじ庵』に頼んだのだという。

「付添いをしてもらいたいのは、棋士の平岡宗雨《ひらおかそうう》でして」

そう口を開いて、勘兵衛はさらに続けた。

宗雨というのは、勘兵衛が贔屓《ひいき》にしている若手の棋士だった。

四月七日の、伊藤南仙《いとうなんせん》との対局を前に、宗雨の身の安全を図りたいのだと口にした。

「勝負師には、とかく恨みやらやっかみやらが付いて回りますからね」

勘兵衛がため息をついた。

宗雨が大名家や大身《たいしん》の旗本に呼ばれて将棋の稽古《けいこ》に出向いたり、御贔屓に呼ばれたりする外出のある日に、付添いを頼みたいということだった。

「承知した」

六平太はこの仕事を受けた。

「こちらへ」

勘兵衛が、外に向かって声を掛けると、袴姿《はかますがた》の若い男と萌黄《もえぎ》色の振袖《ふりそで》の娘が庭先に立った。

「こちらが、平岡宗雨さんです」

勘兵衛が、二十ばかりと思える総髪《そうはつ》の男を六平太に指し示した。

「秋月《あきづき》六平太です」

六平太は、自ら名乗った。

「この人が宗雨さんの用心棒なの」

振袖の娘が、胡散臭《うさんくさ》そうに六平太を見た。

「これ、お葉《よう》。付添い屋さんだよ」

勘兵衛が慌てて窘《たしな》めた。

「どうでもいいけど、宗雨さんをちゃんと守ってね」

お葉と呼ばれた娘は、高飛車な口を利いた。


『出羽屋』の座敷で対面を済ませた六平太は、早速、宗雨を麻布《あざぶ》の自宅に送り届けることになった。

麻布は今井台と呼ばれる台地もあれば、谷という字の付く場所もある、なんとも起伏に富んだ一帯である。

宗雨の家は、溜池《ためいけ》から緩やかな坂道を南へ上った、武家屋敷に囲まれた麻布谷町《たにまち》にあった。

閑静な場所だったが、日当たりはさしてよくない。

丁字路《ていじろ》を左に曲がったところにある平家の一軒家の木戸前で、男が二人、押し問答をしていた。

「あ、先生」

宗雨を見てそう口にしたのは、押し問答をしていた三十ほどの男だった。

「宗雨先生に弟子入りをというので、お引き取りを願っていたところでした」

三十男の言い分を聞いた押し問答の相手が、突然、宗雨の足元に土下座した。

「平岡宗雨先生とお見受けします。なにとぞ、わたしを弟子にしていただきたく、お願いに上がりました」

二十半ばの弟子入り志願が、額を地面にこすりつけた。

「顔を上げなさい」

宗雨が優しげな声を掛けると、土下座の男が顔を上げた。

「弟子入りとなると束脩《そくしゅう》が必要となりますが、あなたは、どれほどの額を出せるのですか」

先刻と同じような声音で、宗雨が尋ねた。

「金が要るのですか」

土下座の男の声がかすれた。

「わたしは、平岡宗雨ですよ。それなりの礼があって然《しか》るべきと思いますが」

穏やかにものをいう宗雨の顔には、笑みが浮かんでいた。

「やはり、噂《うわさ》は本当だったのかっ」

立ち上がった土下座の男は、

「平岡宗雨は天狗《てんぐ》になったと聞いたが、わたしは信じなかったのに」

宗雨を睨《にら》みつけた。

「わたしは、天狗と呼ばれようと鬼と呼ばれようと、結構です」

「お前なんかに頭を下げるんじゃなかった」

弟子入り志願の男は、そう吐き捨てて駆け去った。

「あぁいう者が、前触れもなく押し掛けたりしますのでね。でも、今日はここまでで」

六平太に笑みを向けると、宗雨が木戸を開けた。

「今日の付添い料をいただきたいのだが」

六平太が、木戸の中に入った宗雨に声を掛けた。

「角次《かくじ》、払っておきなさい」

抑揚のない声を残して、宗雨の姿が木戸の奥へと去って行った。

「おいくらで」

「半日ですから、今日の所は一朱（約六千二百五十円）」

六平太が答えると、角次と呼ばれた男が懐《ふところ》から巾着《きんちゃく》を出した。


麻布谷町から一刻《いっとき》（約二時間）ばかりで、元鳥越《もととりごえ》に着いた。

帰る途中で買い求めた稲荷寿司《いなりずし》をぶら下げて、六平太は、市兵衛店の木戸を潜《くぐ》った。

「市兵衛さん、秋月さんのお帰りですよぉ」

井戸端で牛蒡《ごぼう》の泥を落としていたお常《つね》が、大声を上げた。

すると、井戸端に一番近い大家の家から、孫七《まごしち》が飛び出して来て、

「中に旦那《だんな》さんが来てまして、もう」

疲れたという顔を六平太に向けた。

「秋月さん、どうぞ」

孫七の家の中から、市兵衛の声がした。

六平太は、孫七のあとに続いて家の中に入った。

「相手を探しに来たら、秋月さんは留守。仕方なく、孫七相手にやってましたよ」

市兵衛が、目の前に置いてある将棋盤を指さした。

「わたしはお茶を」

孫七が、土間に下りて、急須《きゅうす》の茶の葉を捨てた。

六平太は、将棋盤を挟んで、市兵衛の向かいに座る羽目になった。

「一局、どうです？」

市兵衛から早速声が掛かった。

「茶を飲んでからにしましょう」

「うん。そりゃそうだ」

市兵衛は、六平太の提案をすんなりと受け入れた。

市兵衛は、『市兵衛店』の家主である。

日本橋で『松風堂《しょうふうどう》』という茶問屋を営んでいたが、倅《せがれ》に後を任せて隠居したあと、浅草福井町《ふくいちょう》の隠居所に移り住んだ。元鳥越に持っていた家作と市兵衛店からの実入りで、悠々自適の暮らしをしている。

大家の孫七は、『松風堂』で番頭を勤めていたのだが、市兵衛が身を引くと同時に市兵衛店の大家に納まった関係から、未《いま》だに〈旦那さん〉と呼んでいた。

しかし、六平太にとって、市兵衛はただの家主ではなかった。

藩を追われた六平太が浪人となって、父の後添いとなった義母の多喜《たき》と連れ子の佐和《さわ》とともに市兵衛店に転がり込んだのが、十六年も前のことだった。

六平太が、義母や佐和の暮らし向きを顧みることなく、江戸の盛り場で放蕩《ほうとう》の日々を過ごしていたことも、市兵衛は知っている。

三歳の穏蔵を養子として送り出すとき、六平太は三十両という金を八王子《はちおうじ》の豊松《とよまつ》に渡していた。その金は、十年以上前、市兵衛に借りたものだった。

その金も、毎月こつこつと返済して、去年の暮れ、全額を返し終えた。

「秋月さんが道場の師範代を務められるようになって間もなく一年、こういう、定まった仕事のある暮らしをするお姿を、亡きお義母上《ははうえ》がご覧になったら、なんとお思いでしょうかねぇ」

市兵衛が、しみじみとした声で腕を組んだ。

「実は旦那さん、秋月様は、この前師範代をお辞めになって、また、以前の付添い稼業を」

孫七が、六平太と市兵衛に茶を出しながら打ち明けると、市兵衛があんぐりと口を開けた。

「なにも、飽きたとか嫌になったとかいうんじゃなくだな、佐和が『もみじ庵』の親《おや》父《じ》に誠意を示せなどと言うもんだからね」

六平太の言い訳は、あながち嘘《うそ》ではなかった。

「それで、今はどんな付添いを」

「将棋指しの付添いだよ」

孫七に聞かれて、六平太は目の前の将棋盤を軽く叩《たた》いた。

「将棋指しと言っても、いろいろ居ますからねぇ。それは、名のある棋士ですか」

気のなさそうな聞き方をした市兵衛が、茶を啜《すす》った。

「平岡宗雨とか言ったな」

返事をすると、市兵衛と孫七の眼が六平太に貼《は》り付いた。

「あの、七段の平岡宗雨ですか」

市兵衛の眼に光が増した。

「段のことは知らんが。芝の材木商が大の御贔屓で、大名家や旗本の屋敷に出かけて教えたりするらしい」

「旦那さん、平岡宗雨に間違いありませんよ」

孫七の声が上ずっていた。

「年は若くて、二十そこそこだったが」

六平太が首をひねると、

「平岡宗雨は今年二十ですっ」

市兵衛が、絞り出すような声を発した。

平岡宗雨は、三年ほど前から将棋界を席巻《せっけん》しているのだと、孫七が語った。

十七で五段になった時、棋界も世間も驚いたという。

その若さで五段に――賞賛の声が上がったが、妬《ねた》みの響きも含んでいた。

「秋月さん、平岡宗雨の付添いをなさるなら、知っておいたほうがいいと思いますが」

市兵衛が、日ごろ見せない親切心を出した。

将棋の世界には、三名家といわれる、大橋《おおはし》家、伊藤家、大橋分家があるのだという。

その三家を中心に回り、その血筋しか名人位には昇れない決まりごとがあった。そんなしきたりに風穴を開けるのではないかと目されているのが平岡宗雨だと、市兵衛は断言した。

「平岡宗雨の師匠が、平岡宗順《そうじゅん》という大橋分家の弟子筋に当たるというのが、宗雨には手かせ足かせだと思いますよ」

大橋分家の弟子の、そのまた弟子が、三名家の一つを凌《しの》ぐことなど出来るわけがないとも嘆いて、市兵衛がため息をついた。

「同じ平岡だが、親子なのか」

「そうじゃありませんよ秋月さん。平岡の姓、それに宗順の宗を名乗らせるほど、宗雨の素質を買っているということですよ」

市兵衛が、そう説明をした。

「しかし、聞くところによれば、宗雨の評判はよろしくありませんね。態度が傲慢《ごうまん》無礼だなんだと」

「孫七っ、それは偏見というもんだ」

市兵衛のこめかみに青筋が浮かんだ。

「火のないところに煙は立たぬと言いますから」

「それは、強い者へのやっかみというものです」

二人の言い争いがしばらく続いたあと、

「宗雨は、いくら勝っても七段どまりで、名人になれない宿命を背負ってやりきれないのに違いないんだ」

と、市兵衛が締めくくった。

かつては、鬼の債権者だと思っていた市兵衛にも、他を思いやる心はあったようだ。

二

家主の市兵衛から平岡宗雨の評判を聞いた翌日の午前、六平太は神田の口入れ屋『もみじ庵』に呼び出された。

「またしても平岡宗雨の付添いですよ」

『もみじ庵』に着くなり、親父の忠七《ちゅうしち》が勿体《もったい》ぶった物言いをした。

『出羽屋』の勘兵衛の使いで付添いを頼みに来た手代が口にしたところによれば、宗雨は気難しいうえに好き嫌いが激しいのだという。

これまで頼んだ付添い人と悉く《ことごと》悶着《もんちゃく》を起こし、どこの口入れ屋からも敬遠されていたようだ。

「秋月さんは、平岡宗雨に気に入られたようですな」

にやりと笑った忠七が、次の付添いは、四月一日だと言い添えた。

二日の猶予を得た六平太は、『もみじ庵』を後にすると音羽へと足を向けた。

四月一日は、音羽からそのまま麻布谷町に向かうつもりである。

牛込御門《うしごめ》から神楽坂《かぐらざか》を上った六平太が、江戸川橋に差し掛かったあたりで時の鐘が四つ（十時頃）を打った。

関口駒井町の家に、おりきはいなかった。

廻《まわ》り髪結いのおりきは、朝早くからの髪結いを頼まれることが多く、暗いうちに家を出て行くことも珍しくはなかった。

昼前には、その日の仕事を終えてしまうということもよくあった。

神田上水に面した庭の障子を開けた六平太は、縁先に座り込んで、のんびりと紙縒《こよ》りを縒り始めた。

髪結いをするおりきが、髪を結わえたり、束ねたりするときに使って捨てるものだから、手が空いたときは紙縒りを縒るのが、おりきや六平太の癖になっていた。

神田上水の水音が、今日は穏やかだった。

神田上水の流れを江戸川へと分ける関口の大洗堰《おおあらいぜき》が近く、風向きによっては、轟々《ごうごう》と響き渡る。

おりきの以前の家も川の傍《そば》だったが、今より下流の小日向《こびなた》だったので、うるさいというほどではなかった。

紙縒りが二十本ほど溜《た》まった時、玄関の戸の開く音がした。

「六平《ろっぺい》さん、来ておいでかい？」

おりきの声がした。

「おう」

六平太が返事をした。

「珍しいお人と一緒だよ」

台箱を下げたおりきの後ろから茶の間に入って来たのは、お照《てる》だった。

「江戸川橋を渡ったところで、ばったり」

手を打ち振って六平太の前に座ったお照が、ご無沙汰《ぶさた》をしてと、頭を下げた。

お照は、養女の八重《やえ》と内藤新宿《ないとうしんじゆく》で暮らしているが、一年ほど前まで音羽に住んでいた小唄《こうた》の師匠である。

「いえね、風の便りに、おりきさんが音羽に戻ったとは知っていたんですが、こっちに来る折がなかなかなくて」

膝《ひざ》に置いた手の甲を、もう一つの手で撫《な》でた。

「お照さん、今日はなにごと？」

台所から、湯呑《ゆのみ》を三つお盆に載せて現れると、おりきが声を掛けた。

「なんだか、迷っておいでの様子だったから」

そう口にしながら、おりきが白湯《さゆ》の注《つ》がれた湯呑をそれぞれの前に置いた。

「実は、八重のことで迷ってたんだよぉ」

お照が、大きく頷いた。

「例の、小間物屋の若旦那の一件についちゃ傷は癒《い》えてるんだけどさ」

お照が口にしたのは、思いを寄せていた小間物屋の若旦那に、八重が手ひどい裏切りを受けたことである。

「八重はどうも、菊次さんのことが、未だに棘《とげ》になって残ってるようなんですよ。それがたまに、ちくちくと刺すらしくて」

思いをたぎらせていた若旦那の人柄や女癖の悪さを、菊次は八重に告げたことがあった。

菊次は、その男はやめろと忠告したのだが、八重の気持ちは燃え盛っていて、無視した。無視どころか、詰《なじ》った。

「そのことを、菊次さんに謝りたいという思いがあるようなんですよ。そのけじめをつけない限り、八重の気は収まらないようです」

お照は、菊次に、八重と会ってくれるよう頼みに来たのだが、江戸川橋を渡ったところで怖気《おじけ》づいたと打ち明けた。

「声を掛けられたのがもっけの幸いと、ここはひとつおりきさんにお頼みしようと、のこのこついて来ましたが、秋月様までいらして丁度良かった。菊次さんにお話しいただいて、なんとか、八重と会ってくれるよう、お骨折りをお願いしたいのです」

お照が、二人に向かって両手を合わせて拝んだ。

「わたしなんかより、菊次に兄ぃと呼ばれる六平さんに、ひと肌脱いでいただくほうがいいでしょう」

おりきにそう言われて、六平太は、しかたなく頷いた。


六平太が、おりきと連れ立って居酒屋『吾作』の暖簾を潜ったのは、お照と会った日の翌晩だった。

お照と会った日は、夕方から大粒の雨が降り出して、外に出る気が失《う》せてしまった。

「お。いらっしゃい」

『吾作』の店内に足を踏み入れると、板場から菊次の声が掛かった。

店内には、卓に突っ伏すようにして飲んでいる職人の姿があるだけだった。

『吾作』から客が引く五つ（八時頃）過ぎを狙《ねら》ってやって来た六平太とおりきは、一番奥の卓に着いた。

「飯は済ませたんで、酒を二本だ。肴《さかな》を何か見繕ってもらおうか」

六平太の注文に、板場から、へいという菊次の声がした。

六平太はなにげなく店内を見回したが、穏蔵がいる気配はなかった。

『吾作』を手伝ったのは、何日か前だけだったようだ。

少し開いた障子の外の路地から、岡場所《おかばしょ》での首尾を話す男どもの賑《にぎ》やかな声や、酔ってもつれた足音が流れ込んできた。

六平太とおりきが、手酌の酒を二杯ばかり口に運んだころ、一人残っていた客が、ふらふらと帰って行った。

菊次はすぐに暖簾を仕舞い、表の提灯の火を消した。

「なんか、おれに用があったんでしょう」

六平太とおりきの傍に酒樽を近づけて、菊次が腰掛けた。

「実は昨日、あたしんとこにお照さんが訪ねて見えてね」

おりきが口火を切った。

それを受けて、六平太が本題を口にした。

「お照さんがいうには、八重ちゃんはどうも、直《じか》におめぇに会って、以前の事を謝りたいらしいんだ。だからよ、一度、八重ちゃんと会ってみねぇか」

「謝るなんて」

そう口にして、菊次は小さく笑みを浮かべた。

「そんなこたぁもう、昔のことだよ。謝るなんて、もうどうでもいいよ」

そう言い切った。

「でもね菊次。直に謝らないと、八重ちゃんは自分の気持ちにけりを付けられないいんじゃないかと思うんだよ」

おりきが諭すように口を開いた。

「八重ちゃんの思いを受け入れずに、このまま放《ほう》っておくっていうのは、女心を苛《いじ》めてるようなもんだよ」

おりきのその一言で、菊次はふっと顔を俯けて、黙り込んだ。

表の通りで喚《わめ》く酔っ払いの声が、微《かす》かに届いた。


翌朝、六平太は、取り決めの時刻より早く平岡宗雨の家に着いた。

音羽を出る時、四谷の台地から顔を出した朝日は、今は、遮るもののない高みに昇っていた。

着いてしばらくすると、赤坂田町《たまち》の、五つ（八時）を知らせる時の鐘が鳴った。

「これから、汐留《しおどめ》の平岡宗順先生の家に付き添ってもらいます」

一足先に出てきた角次が、六平太に耳打ちした。

市兵衛の口から出た、宗雨の師匠の名だった。

木戸の中から、羽織、袴の宗雨が出て来た。

「行ってらっしゃいませ」

角次の声に見送られて、宗雨は歩き出した。

六平太は、師匠の家への道順を知っている宗雨の後ろに続いた。

麻布谷町から汐留の辺りまでは、たいした道のりではなかった。

宗雨は、播磨《はりま》国、竜野《たつの》藩主、脇坂淡路守《わきさかあわじのかみ》家上屋敷に隣接する、芝口新町《しばぐちしんまち》の小路へと入り込んだ。

「供待の部屋があるから、秋月さんも中に」

宗雨に促されて、平岡宗順の屋敷に足を踏み入れた。

玄関を上がるとすぐ、宗雨は奥へと歩み去って、六平太は宗順の弟子と思《おぼ》しき者の案内で、玄関近くの供待部屋に通された。

玄関や勝手口の方から人の出入りする音、内容は分からない話し声の断片や廊下を行き来する足音が供待部屋に届いた。

もしかすると、家族の他に何人かの弟子も住んでいるのかもしれない。

「なに、宗雨が来てる？」

供待部屋の近くで、尖《とが》った男の声がして、さらに、

「用心棒を連れて来てるのかっ」

非難するような声が続いた。

「この前のことを、今、奥で先生に問い詰められているはずですよ」

六平太を供待部屋に案内した男の声がして、廊下側の障子が勢いよく開いた。

開けて入って来たのは、四十の坂を越えたくらいのでっぷりとした男で、その後ろから、六平太を案内した男が付いて来た。

「なるほど、用心棒ですか」

四十男が、六平太を立ったまま見下ろすと、

「竜輝《りゅうき》、わしもここで宗雨を待たせてもらうよ」

と、座り込んだ。

「中川良典《なかがわりょうてん》さんという、宗雨さんの兄弟子です」

竜輝と呼ばれた男が、六平太に告げて部屋を後にした。

「あなたは、宗雨の用心棒をいつから」

「なんの話で？」

相手の小馬鹿にした口ぶりが気に入らず、六平太は惚《とぼ》けた。

「だから、宗雨の身を守るのが役目じゃないのかね」

「ああ。用心棒と言われてなんのことかと思いましたよ。おれの仕事は、ただの付添い屋ですよ」

六平太の答えに、良典がふんと鼻で笑った。

「宗雨の奴、自分がどれだけ嫌われ、どれだけ憎まれていたか気にする風はなかったが、あいつもとうとう、一人歩きが危ないということを知ったようだな」

「宗雨さんの付添いを頼んだのは、他の人だよ」

六平太がそういうと、良典は意外そうな顔をした。

「宗雨さんがお帰りです」

障子が開いて、廊下から竜輝が告げた。

六平太は、勢いよく立ち上がった良典に続いて、供待部屋を出た。

玄関の上がり口に、竜輝が控えた。

やがて、廊下の奥から宗雨が現れて、玄関へと向かって来た。

「これは良典さん。お久しぶりでした」

良典に気付いて、宗雨が軽く会釈をした。

「おい宗雨、よくもわたしの弟子を引き抜いてくれたな」

良典の声には激しい怒りが籠《こも》っていた。

「もし、角次のことでお怒りでしたら、お門違いですよ。角次のほうから、是非にもわたしの弟子になりたいと言って来たのですから」

宗雨は、平然と構えていた。

角次というのは、麻布谷町の家に居た宗雨の弟子だった。

「角次がわたしの弟子だと知っていながら、なぜ断らんのだ。それよりなにより、わたしになんの許しも挨拶《あいさつ》もなく引き取るなど、礼儀知らずにも程があるだろう。なるほどそうか。職人の家では、子に挨拶の仕方を教えなかったようだな」

そう言い放って、良典は冷ややかな笑みを浮かべた。

竜輝がはらはらと成り行きを見ていたが、宗雨の顔色に変化はなかった。

「角次が、もっと強くなりたいと、わたしの前で泣いたのですよ」

宗雨の声音は穏やかだった。

「良典さんの所では強くなれないのかと聞くと、そうだという返事でした。そうまで言われますと、わたしとしては、断るに忍びなくなりましてね」

「お前はよくもっ」

顔を真っ赤にした良典が、宗雨に摑《つか》みかかった。

六平太が咄嗟《とっさ》に良典の腕を取って、宗雨から引き離した。

「言い合いが、奥にまで届いているぞ」

袴を翻した男が目を吊《つ》り上げて、大股で現れた。

「先生、申し訳ありません」

宗雨がその場に座り、素直に両手をついた。

すると、良典と竜輝も慌ててその場に膝を揃《そろ》えた。

現れたのは、宗雨の師匠、平岡宗順だと思われる。

「宗雨は近々、伊藤南仙様との対局を控えているのだぞ」

宗順が、良典に険しい眼を向けた。

「宗雨が伊藤南仙様に勝つようなことがあれば、宗雨もだが、わが平岡一門の誉《ほまれ》ともなる大事な対局なのだ。良典、つまらぬ諍《いさか》いなどいま持ち出すことはなかろう」

「はは」

良典は、額を廊下に擦り付けた。

平岡宗順の家を出た宗雨は、土橋の南詰を過ぎて溜池方面へと向かった。

六平太は、宗雨の少し後に続いていた。

四つをいくらか過ぎた時分である。

「良典さんは、四十になっても二段ですからね。そんな師匠についていていいものかどうか、角次でなくても不安になりますよ」

宗雨が、突然口を開いた。

「はぁ」

差し障りのない返事をして、六平太は続いた。

「行先は、麹町《こうじまち》だよ」

六平太の心を斟酌《しんしゃく》したものか、宗雨は唐突に切り出した。

棋界の三名家の一つ、大橋分家が麹町にあるとも言った。

「謝りに行かされるのですよ」

他人事《ひとごと》のような、宗雨の物言いだった。

半月ほど前、大橋分家の次期当主と目される大橋魁松《かいしょう》の名指しを受けて対局することになった宗雨は、勝利を上げた。

公式戦ではないものの、弟子筋の弟子に負けた大橋分家が大恥をかいた出来事だったようだ。

あっという間に、宗雨の快勝が棋界に広まった。

「将棋は、家柄で指すものじゃありませんから」

感想を聞かれた宗雨の放った一言が、更に大橋分家の逆鱗《げきりん》に触れた。

「それで、謝りに行くよう、宗順先生に命じられまして」

宗雨は、薄笑いを浮かべた。

溜池から半刻《はんとき》（約一時間）ばかりで麴町に着いた。

麴町山元町《やまもとちょう》にある大橋分家の門構えは、大身の旗本のお屋敷のように豪壮だった。

「半刻はたっぷり叱《しか》られるはずだから、どこかで昼餉《ひるげ》を摂《と》るなりしてもいいですよ」

そう言い残して、宗雨はお屋敷の門を潜った。

六平太は、大橋分家から半町（約五十五メートル）ばかり坂を下った平川《ひらかわ》天満宮参道に入り込み、蕎麦屋《そばや》の暖簾を潜った。

盛りそばを一枚と、一合徳利《どくり》の冷や酒を注文した。

半刻ほどが経《た》って、六平太は蕎麦屋を出た。

大橋分家の門前に戻ったが、宗雨が門から出てきたのは、それから半刻後のことだった。

宗雨の表情に、特段落ち込んでいる様子はなく、ふんと、六平太に片頬《かたほお》で笑いかけた。

師匠筋の怒りの言葉など、この男は一向に応《こた》えないのかもしれない。

三

六平太は、翌日も朝から宗雨の付添いに駆り出された。

麻布谷町に迎えに行き、虎《とら》御門から外桜田《そとさくらだ》御門へと向かう通りにある大名屋敷に送り届けた。

上総《かずさ》国、佐貫《さぬき》藩一万六千石、阿部因幡守《あべいなばのかみ》家の上屋敷だった。

藩主、因幡守に、将棋の相手をと望まれての訪問だった。

六平太は、上屋敷の供待部屋で二刻（約四時間）待った。

その間、昼餉にと、弁当と茶の差し入れがあった。

宗雨と共に阿部家を出たのは、九つ半（一時頃）を過ぎていた。

本来なら、六平太の付添いはこれで終わりのはずだった。

今朝、暗いうちに目覚めた六平太のもとに、『もみじ庵』からの使いが飛んできて、

「予定にはなかった宗雨の付添いを、もう一つ頼みたい」

親父の忠七の言付《ことづ》けを述べた。

同じ相手の付添いが昼過ぎまで延びるだけのことだから、六平太は気やすく承知した。

昼からの行先は、日本橋《にほんばし》、葺屋町《ふきやちょう》の芝居茶屋『磯松《いそまつ》』だった。

市村座《いちむらざ》にほど近い芝居茶屋には、『飛騨屋』の娘の登世《とせ》などの付添いで何度も揚がっていたから、『磯松』の名も場所も知っていた。

『磯松』の暖簾を潜るなり、

「これはこれは宗雨さん」

帳場の番頭が声を上げると、奥からは、女将《おかみ》と思しき年増女が笑みを浮かべて現れた。

「お待ちしておりましたよ」

親しげに声を掛けた年増女の後ろに続いて、宗雨が階段を上がって行った。

「お連れ様には、お待ちいただく部屋がございますが」

番頭が、六平太に奥を指し示した。

「おれは外で待つが、半刻経ったら戻ることにする」

六平太が、そう返事をして表に向かいかけた時、表から、華やかな振袖の娘が土間に入って来た。

「これはお嬢様」

番頭が丁寧に頭を下げた。

六平太に気付かず土間を上がった振袖娘は、『出羽屋』のお葉だった。

「お着きでございます」

と、番頭が先に立って、お葉を二階へと案内して行った。

なるほど――腹の中で呟きながら、六平太は『磯松』の表へと出た。

お葉が乗りつけて来たらしい空の駕籠《かご》が一丁、ゆっくりと去って行った。

芝居茶屋は、芝居見物の客が、幕間《まくあい》に食事をしたり、贔屓の役者を呼んでもてなしたりする場所だが、役者買いをする女にも利用された。

芝居茶屋に限らず、料理屋の看板を掛けている店が、男と女の逢引《あいび》きに部屋を提供することは珍しいことではなかった。

さてどうするか――片手で首筋を叩くと、辺りを見回した。

逢引きともなると、少なくとも一刻は時を潰《つぶ》さなければなるまい。

神田岩本町《いわもとちょう》の『もみじ庵』に行く手もあるが、親父の忠七相手に一刻も過ごすのはいささか鬱陶しい。

町をぶらついて寄席にでも飛び込むか、と、六平太は当てもなく小伝馬町《こでんまちょう》の方に足を向けた。

杉森《すぎもり》稲荷の先で、気まぐれに西の方へと折れた六平太は、堀留《ほりどめ》から伊勢町《いせちょう》河岸《がし》を経て、いつの間にか、日本橋の時の鐘の近くに来ていた。

ここから上白壁町《かみしらかべちょう》が近いな——六平太が胸の内で呟《つぶや》いた。

今川橋を渡って少し北へ行けば、目明かしの藤蔵《とうぞう》の住む家があった。

本所《ほんじょ》の香具師だった和藤治のもとを去った子分が、何者かによって殺された一件の調べがどうなっているのか、気にはなっていた。

町内の誰かが詰めている自身番にいけば、藤蔵か、その下っ引きの居所が分かるかもしれなかった。

上白壁町の自身番は、鍛冶町《かじちょう》二丁目の四つ辻を左に曲がって一本目の下駄新道《げたしんみち》の角にあった。

「ごめん」

六平太が、自身番の外の玉砂利を踏んで声を掛けた。

上がり框《がまち》の障子が開いて、顔を突き出したのは藤蔵だった。

「秋月さんですよ」

藤蔵が、中に向かって言い、

「どうぞ」

と、障子を目いっぱい開けて、入るように促した。

障子の奥の三畳ほどの部屋に、湯呑を手にしていた北町の同心、矢島新九郎《やじましんくろう》の姿があった。

「何ごとですか」

新九郎に尋ねられた六平太は、付添いの相手を葺屋町の芝居茶屋に送って来たことを口にした。

「芝居見物のお供で？」

白湯を注いだ湯呑を六平太の前に置いて、藤蔵が尋ねた。

「着いてすぐ女が来たから、逢引きだな」

「あぁ。それじゃぁ、茶屋で待つのは面白くありませんな」

新九郎がにやりと笑った。そして、

「ですが、いいところに来ていただきましたよ」

意味深な物言いをした。

新九郎は、先日浅草福井町の小路で六平太と立ち話をした、本所の香具師の内輪揉《も》

め の一件を切り出した。

本所の香具師というのは、和藤治のことである。

本所の縄張りを失うと、子分の多くが和藤治を見限って他の香具師のもとへ去った。

そのことに腹を立てた和藤治の子分たちが、去った者たちを襲い、死なせたり、怪《け》我《が》を負わせたりした出来事のことだった。

「それがなにか」

六平太は、無関心を装った。

「その後の調べで、藤蔵が面白いことを耳にしましてね」

含み笑いをした新九郎が、藤蔵に眼を向けた。

「いろいろ調べてみますと、緑《みどり》河岸の和藤治が縄張りを失う元になったのは、秋月六平太だという話が出て参りまして」

藤蔵が、片手を頭の後ろに遣《や》った。

実は、と、六平太は仕方なく、深川の潮干狩りで男どもを痛めつけた発端から、和藤治のもとに乗り込んだ経緯《いきさつ》を打ち明けた。

「なるほど。そういうことでしたか」

新九郎が、胸の前で組んでいた腕を解いた。

「本所の縄張りを失った和藤治が、それ以来おれに恨みを向けて、付け狙ってる気配

「……があるんだよ」

六平太が苦笑を洩《も》らした。

狙われているのを直に感じたことはないが、市兵衛店の新たな住人となった弥左衛門が、長屋を窺う男がいたと口にしたことが、気になると言えば気になっていた。

「暇があれば、わたしらも秋月さんの身辺近くの目配りをしたいところですが、このところ、調べものに駆り出されてまして」

新九郎がいう調べものとは、奉行所内の書棚にしまわれた古い犯科帳を読み返すことだった。

特に、最近起きた凶悪な押し込みに関して再調査するようお達しがあったようだ。

奉行はじめ、与力が狙いを定めているのは、行田《ぎょうだ》の幾右衛門《いくえもん》一味だった。

名の頭に付いている行田は、武蔵《むさし》国、埼玉《さいたま》郡の行田のことで、幾右衛門の生まれがそこなのか、根城にしていたせいなのかは判然としていない。

「これまで江戸の周辺で押し込みを重ねてきた行田の幾右衛門が、江戸に潜り込んでいると思われるのですよ」

新九郎が険しい顔つきになった。

この一、二年の間に、行田の幾右衛門の仕業ではないかと思われる凶悪な押し込みが、江戸で三件起きていた。

「いずれの押し込み先でも刃物を使い、全部で三人を殺し、五人に怪我を負わせて、盗み取った額は、締めて千二百三十五両（約一億二千三百五十万円）にのぼります。行田の幾右衛門は、そういう残虐な押し込みをするらしいのですよ」

言い終わった新九郎が、ふうと息を吐いた。


六平太が葺屋町の芝居茶屋『磯松』に戻ったのは、七つ（四時頃）を少し過ぎた時分だった。

上白壁町の自身番に行ったお蔭《かげ》で矢島新九郎や藤蔵らと話が出来たし、行き帰りの時を合わせると、一刻近い暇つぶしが出来たことになる。

宗雨とお葉はまだ部屋にいるらしく、六平太は玄関わきの供待部屋に通された。

茶ひとつ出ることもなく四半刻《しはんとき》（約三十分）が経った頃、

「お帰りです」

と、障子の間から女中が顔を出した。

腰を上げた六平太が、女中に続いて玄関に行くと、上がり口に立って表を見ている宗雨の姿があった。

六平太の眼に、辻駕籠が一丁、去っていくのが見えた。

「また、お待ちしております」

茶屋の番頭や女中に見送られて、宗雨と六平太が『磯松』を後にした。

六平太は、宗雨の少し後ろに続いて歩いた。

「さっきの娘、覚えていますか」

宗雨が突然口を開いたのは、荒布橋《あらめばし》を渡って、魚河岸を日本橋の方に向かっている時だった。

「たしか、『出羽屋』さんの娘さんかと」

六平太が答えると、

「これも、勤めのようなものでね」

宗雨の声に、自嘲《じちょう》の響きがあった。

「あの娘の機嫌を損ねると、なにかと難儀でしてね」

宗雨がどんな顔をして、そう口にしたのか、窺い知ることは出来なかった。

西に傾いた日の方に歩く宗雨の背中は、翳っていた。

宗雨の家に着いたとき、麻布谷町は黄昏《たそがれ》を迎えていた。

近隣の何軒かの家から、明かりが洩れ出ていた。

宗雨が木戸を開けるとすぐ、

「お帰りなさいませ」

母屋の戸口から角次が飛び出して来て、木戸の内へ宗雨を迎え入れた。

角次は、宗雨の帰りを待ち受けていたようだ。

「一刻前から、下谷《したや》の兄さんが待っておられます」

角次にそう告げられた宗雨は、それには答えず、

「秋月さん、台所で茶でも飲んでお帰りなさい」

ふと振り向いて、六平太に母屋の裏手を指さした。

「それじゃ、喉を湿させてもらいます」

宗雨と角次が戸口から母屋の中に消えると、六平太は木戸を潜った。

母屋の戸口の前を右へ折れて、裏手へと回ったところに台所があった。

「邪魔をするよ」

六平太が台所の戸を開けて土間に入り込むと、初老の下女が笑みを向けた。

「旦那さんから聞いてるよ。お茶がいいかね、水かね」

「茶よりも、白湯か水がいいね」

「白湯にしよう」

下女が、火の気のない竈《かまど》に載っていた釜《かま》から白湯を注いで、框に腰掛けた六平太に湯呑を手渡した。

「旦那さんに、付添い屋さんがついてると聞いてはいたけど、あんただったのかね」

「秋月六平太って者だよ」

「あたしは、とめだ」

そう名乗ると、また、にこりと笑みを浮かべた。年の割に笑うのが好きなようだ。

「寝込んでから、お父《と》っつぁん、急に弱くなってよ」

湯呑を口に運んだ六平太の耳に、男の声が届いた。

「旦那さんの兄さんが見えてるんだよ」

小声のとめが、廊下の奥を指さした。

「そう長くはなさそうだ。生きてるうちに、会いに来てやってくれ」

おそらく、宗雨の兄の声だろう。

宗雨と兄は、台所近くの部屋で会っているらしく、時々、やりとりの断片が届いていた。

「旦那さんの家は、下谷車坂《くるまざか》の畳屋でね。兄さんが後を継いでるんだ」

とめが囁《ささや》いた。

「あと何日かで、大事な対局があるんだ。それどころじゃないんだよ」

「お父っつぁんの生き死にのことを、それどころっていうのか」

宗雨の兄の声が尖っていた。

「今度の対局は、棋士としてのわたしの生き死にが懸かってる。三名家の一つ、伊藤家の南仙に負けることがあれば、将棋はやはり家柄に勝るものはないと言われる。そんな風評をひっくり返すためにも、勝ちたいんだ。そんな時に、家のことでわたしを乱さないでくれ」

宗雨の物言いは、理路整然としていた。

「分かる。分かるがな、与茂平《よもへい》」

「与茂平などと、口にしないでくれと言ったじゃないか！　わたしは今、平岡宗雨なんだ！」

激しい感情を表に出した宗雨の声だった。

「お前は、畳屋に生まれたことを恥じてるのかっ」

「あぁ。そんな家に生まれなきゃよかったと思っている」

「お前の言い分はおかしい。家柄の高い低いに怒ってるお前が、なんで畳屋を恥じるんだっ」

兄の声に怒りがこもっていた。

「これで、お父っつぁんに何か滋養《じよう》のつくものを」

宗雨の声がして、部屋から出た足音が奥へと去って行った。

その直後、チャリンと、小判が床に叩きつけられたような音がした。

廊下から台所に、足早に現れた二十半ばの男が、土間に置いてあった藁草履《わらぞうり》を突っかけると、外へ飛び出して行った。

「今のが、旦那さんの兄さんだ」

とめが、六平太に囁いた。

「兄さんを、台所から上げたのか」

「身内だって、玄関からは上げてもらえないそうだよ」

声を低めたとめが、小さく頷いた。

飛び出して行った兄の顔に、怒りよりも悲しみが溢《あふ》れていたのに、六平太は気づいていた。

「角次、もう二度と、わたしの身内を家に上げるなっ」

宗雨の怒鳴り声が、母屋に響き渡った。


昼過ぎになって雲間から出た日が、道のぬかるみをきらきらと輝かせていた。

二日ぶりに外に出た六平太は、永代橋《えいたいばし》の西詰に差し掛かっていた。

麻布谷町の家で、宗雨の兄を見かけた日の翌朝から降り始めた雨は、二日間降り続けて、やっと今日の昼前にやんだ。

待ちかねたように市兵衛店を出た六平太は、木場の材木商『飛驒屋』を目指していた。

永代寺門前を通り過ぎたころ、八つ（二時頃）の鐘が鳴った。

『飛騨屋』の裏口から入って、母屋の戸口に立った六平太が、声を掛けた。

「あら、秋月様でしたか」

中から戸を開けたのは、顔なじみの女中だった。

「山左衛門さんはおいでかね」

「おいでだと思いましたが、ま、とにかく、中でお待ちを」

六平太を戸口の三和土《たたき》に招き入れると、女中は急ぎ奥へと去った。

「あ、ほんとに秋月様だわ」

ほどなくして、登世が足早に現れた。

すぐ後から、女中を従えた内儀《ないぎ》のおかねもやってきて、

「ささ、お上がりを」

六平太を促した。

「実は、山左衛門さんに話があって来たんですが」

「お父っつぁんとの話は、長くかかるの？」

登世が、探るような眼を六平太に向けた。

「多分、あっという間に済むはずです」

六平太が返事をすると、登世の顔に笑みが零《こぼ》れた。

山左衛門との話が済んだらゆっくりしていくと約束させられた六平太は、女中の案内で中庭の見える小部屋に通された。

「お待たせをしました」

そう言いながら山左衛門は入ってきたが、待つほど時は経っていなかった。

「実は山左衛門さんに、断りを入れたいことがありまして」

向かい合うとすぐ、六平太が口を開いた。

「なにごとでしょう」

「材木商の『出羽屋』さんに頼まれて引き受けた、平岡宗雨という将棋指しの付添いをやめたいのですよ」

『出羽屋』の主、勘兵衛は、山左衛門から六平太の仕事と名を聞いて付添いの依頼をしてきたのだった。

その付添いをやめるにあたっては、山左衛門の了解を得たうえで勘兵衛に申し出ようと思った。

「いやぁ。なにもそこまで気を遣うことはありませんよ」

そう言って山左衛門は笑みを浮かべたが、やめたいという理由を詮索《せんさく》しようとはしなかった。

女房のおかねにしても、娘の登世にしても、他人のことを詮索したがらない母子だった。

それが、六平太の気をいつも楽にしていた。

「平岡宗雨という棋士は、いささか癖の強いお人のようですな」

山左衛門の声に、非難がましい響きはなかった。

「なんとも、いやな男です」

六平太がかすれた声で吐き出した。

付添った相手のことは滅多に口にしないのだが、訪ねてきた兄に対する宗雨の物言いや仕打ちが、六平太の胸に棘のように突き刺さっていた。

四

永代寺門前を、木場の方から永代橋へと通じる往還は馬場通と呼ばれている。

門前町一帯は夜になっても賑《にぎ》やかな場所だったが、二日ぶりに雨が上がったというので、いつにも増して賑わっていた。降り続いた雨に、漂っていた塵芥《ちりあくた》が洗われて空気が澄み、料理屋や様々な小店《こだな》の掛け行灯《あんどん》の明かりが眩《まばゆ》いほどに輝いていた。

六平太は、馬場通をゆっくりと永代橋の方へと歩いていた。

山左衛門との話が済むと、六平太が一人残った部屋に酒肴《しゅこう》が運ばれて、登世とおかねが現れた。

「お父っつぁんは、大工の棟梁《とうりよう》と材木を見に行ったわ」

そう言って、登世とおかねが六平太の話し相手となった。

母娘の関心事は、登世と六平太に付添いを頼みたい物見遊山と行楽地選びだった。

三人に夕餉《ゆうげ》の膳《ぜん》が運ばれても、母娘《おやこ》の話は尽きず、杜若《かきつばた》見物と、太秦広隆寺《うずまさこうりゆうじ》から運ばれてくる聖徳太子像の、浅草寺《せんそうじ》での御開帳の付添いを、六平太は約束させられてしまった。

夕餉の後、登世は、浅草御蔵《おくら》まで船をと言ってくれたのだが、酔い覚ましがてら歩くことにした。

日暮れ前から酒を飲んだのだが、六平太の足腰はしっかりしていた。

顔が火照《ほて》ってはいたが、時々流れる海風が心地よかった。

永代寺門前町の稲荷社の前を通り過ぎたあたりで、ふっと立ち止まった六平太が後ろを振り返った。

六平太は、ほんの少し前、誰かの眼が自分に向けられているような気配を感じていた。

だが、居酒屋や揚弓場《ようきゆうば》などの表に立った女が、行き交う男どもに誘いの声を投げかけているいつもの歓楽街の風景があった。

六平太は、ゆっくりと歩き始めた。

しばらく歩いて、門前仲町の角を左へと曲がると、背後から何人かの足音が付いて来た。

六平太は、大島川《おおしまがわ》に沿った道の角にある、摩利支天《まりしてん》宮の暗い境内に駆け込んだ。

案の定、六平太を追って、五、六ほどの人影が雪崩《なだ》れ込んで来た。

境内に明かりはなかったが、近くの岡場所の行灯や居酒屋の明かりが微かに届いて、人影の顔をうっすらと浮かび上がらせていた。

「あんたか」

六平太は、浪人二人の他に、懐の匕首《あいくち》に手をかけた三人の男たちの中に紛れていた和藤治の顔を見つけ出していた。

「あの後、縄張りを取られたってな」

六平太は穏やかに声を掛けた。

「お前さん一人にかき回されたお蔭で、おれはすっかり腰抜け扱いだ」

和藤治の声に抑揚はなく、顔にも感情の表れが窺えなかった。

それがかえって不気味だった。

「おれにはもう、どっちがいい悪いなんてことはどうでもいいんだよ。秋月六平太という浪人を殺さないと、この渡世では二度と浮かび上がれねぇ。だから、あんたを殺す」

和藤治が言い終わった途端、尻っ端折《ぱしょ》りをした男が突然、右手を動かした。

咄嗟に身体を反らせた六平太の顔近くを、風を切って何かが掠《かす》めて行った。

トンと、小さな社殿の壁に十字の手裏剣が突き刺さった。

「タァッ！」

六平太の体勢が崩れたのを見て、迫り来た浪人の一人が、大上段から刀を振り下ろした。

身体を回しながら刀の鞘《さや》を胸元に抱え込んだ六平太が、刀身を抜いた。

立身《たつみ》流兵法の擁刀《ようとう》という抜刀術だった。

体を躱《かわ》されて空を切った浪人の腕を、六平太が峰打ちで叩いた。

鈍い音がして、浪人の手から離れた刀が地面に落ちた。

敵の攻めに容赦はなかった。

またしても手裏剣が投げられ、六平太を掠めた。

その直後に、二人の男が左右から同時に匕首を振るった。

六平太は咄嗟に地面に身を投げると、二人の男の向こう脛《ずね》と膝の裏を、立て続けに峰で叩いた。

痛みに悲鳴を上げた二人の男が、地面に倒れてのたうち回った。

「和藤治よ。このまま続けてもいいが、そうすりゃお前さん、子分をもっと減らすことになるぜ」

六平太が、和藤治に向かって凄《すご》んだ。

「二人に肩をかしてやれ」

和藤治の命じる声がして、地面で苦しむ男二人を、他の者が助け起こした。

暗がりに立っている和藤治の顔付きは窺えなかったが、

「今夜は引き揚げるが、このままでは終わらせないよ」

地の底から吐き出すような不気味な声を残すと、子分たちの先に立って境内から消えた。

六平太は、社殿の壁に突き刺さっていた手裏剣を引き抜いた。

寺社の境内で見世物を披露する大道芸人は、その土地を支配する香具師の差配を受けていると聞く。

和藤治の子分の中に、手裏剣投げを生業《なりわい》にしていた者が居ても不思議ではなかった。

手にした手裏剣を投げると、境内の楠《くすのき》の幹に、トンと音を立てて突き刺さった。

すぐに踵《きびす》を返して境内を後にした六平太は、馬場通に出ると永代橋の方へと曲がった。

通りの左右に軒を並べる料理屋、飲み屋は賑わっていて、行き交う人の数も相変わらず多かった。

一の鳥居の手前の小路からふらりと出てきた男を見て、六平太が足を止めた。

羽織と袴姿の男は、宗雨だった。

小路の奥で酒を飲んでいたのか、覚束《おぼつか》ない足取りで一の鳥居を潜ると、黒江町《くろえちょう》の角を右へと折れた。

乱れた宗雨の姿を初めて眼にした。

好奇心に駆られて、六平太は宗雨が入った小路に足を向けた。

小路の先には、鉤形に曲がった川があった。

川沿いで枝を揺らす柳の木の下に、蹲《うずくま》っている人影があった。

羽織と袴の人影は、苦し気な声を絞り出して嘔吐《おうと》していた。

その光景は、臓腑《ぞうふ》を吐き出そうとでもするようで、凄絶《せいぜつ》だった。

ひとしきり吐いた宗雨は、柳の幹に片手を添えてゆっくりと立ち上がった。

そして、川沿いの道を北へと向かった。

道に迷うこともなく、宗雨は網打場《あみうちば》に入り込んだ。

深川には、七場所《ななばしょ》と言われる岡場所があった。

七場所の中でも、最高級が仲町だとすると、最下級は石場、新地だが、網打場と三角屋敷と言われるところは、七場所よりもさらに下に見られていた。

狭い路地の両側に長屋が建ち、一部屋の広さは二畳である。

そこに小さな板敷と土間があるだけの部屋で女は暮らし、客を取る。

宮中のお局《つぼね》に似ているということから、局見世とも切見世とも呼ばれていた。

宗雨は、網打場の路地に入り込んだ。

薄暗い路地に立っている人影は、売れ残った女たちだった。

三人の女が、一斉に宗雨に目を走らせるのが見えた。

「あら」

首を白く塗りたくった女が駆け寄って、宗雨の腕に自分の腕を絡ませた。

三十ほどの、見栄えのしない年増女だが、宗雨は女に導かれるまま、局に入って行った。

六平太は、宗雨が入った局のはす向かいに立っていた小太りの女の前に立った。

「あたしでいいのかい」

顔も丸い小太りの女が、戸惑ったような声を出した。

「ちょっと、事情があってな」

六平太が答えると、

「そうだと思った」

女は得心して頷くと、六平太を局へと招き入れた。

「お客さん、ちょんの間（約十分）なら百文（約二千円）だけど」

片隅に積んでいた薄い布団を敷きながら、女が口にした。

「これで頼むよ」

六平太が、一朱（約六千二百五十円）を板敷に置いた。

「これで、いま、はす向かいに入った男が出るまで、ここにいさせてもらいてぇんだ」

六平太が小声で告げると、女がきょとんと眼を瞠《みは》った。

「いや。親に頼まれて、ひそかにあの男の動きを探ってるんだよ」

六平太が作り話をすると、

「そういう事情があったんだね」

女は大きく頷くと、敷きかけていた布団を畳んで隅に戻した。

「ええと、おめぇ、名は」

「もと、だよ」

「おもとさん、ここに酒はあるかい」

「ここを束ねてる親分の所の若い衆に頼めば持って来てくれるけど、高く取られるよ」

「徳利二本頼まぁ」

「分かった」

おもとは土間の草履を引っかけると、路地へと飛び出した。

六平太が土間に立って、はす向かいの家を窺った。

どこかの局から女の怒鳴り声が聞こえたが、宗雨の入った家はしんと静まり返っていた。

「買い置きがないから、酒屋か飲み屋で買って届けるって」

戻って来たおもとが、息を切らして報告した。

「あの男は、いつも来るのか」

「うん。でも、月に一、二度だね。来るといつも、千里《ちさと》姉さんのとこに揚がるんだよ」

おもとがいうには、若くて金払いのいい客が、どうして見栄えもしない年増の所に通い詰めるのか、女たちも、女の逃亡に眼を光らせる男たちも不思議に思っているらしい。

「ねぇ、お侍。千里姉さんのあのお客、何者なの」

おもとが、あどけない顔を六平太に向けた。

どうやら、宗雨が何者か、女たちは知らないようだ。

「おれは頼まれて動きを探るだけで、相手が何者かは知らされちゃいないんだよ」

はじめた。

「ふうん」

おもとは、六平太の嘘に、素直に頷いた。

ほどなくして、若い衆が届けてくれた酒を、六平太はおもとと酌《く》み交わした。

おもとは酒に強かったが、徳利一本を空にしたあたりで、六平太の口から欠伸《あくび》が出はじめた。


ばたばたと、けたたましい羽音で眼が覚めた。

六平太が身を起こすと、障子が白くなっていた。

微かに水音がするのは、近くの川を船が行き来するからだった。

船頭たちは、日の出前から動き出す。

一つ布団に二人で寝たのだが、徳利が二本、近くに転がっているだけでおもとの姿がなかった。

カツカツと、表から下駄の音が近づいて、障子戸が開いた。

「あら、起きたんだね」

にこりと笑ったおもとが、千里を伴って局に入って来た。

「おもとちゃんに聞いたけど、あんた、与茂平さんを見張ってたんだってね」

土間の框に腰掛けて、千里が六平太に身体を捻《よじ》った。

「与茂平っていうのか」

「そう。つい今しがた、帰ったばかりだよ」

そう口にして、千里が欠伸を嚙《か》み殺した。

与茂平と呼んだ兄に怒りをぶつけた宗雨は、局見世では本名を名乗っていた。

「与茂平っていうのは、どんな男かね」

六平太が、さり気なく千里に尋ねた。

「変な人だよ」

千里が、一言で片づけた。そして、

「見世に揚がっても、朝までなんにもしないことのほうが多いんだ」

とも、打ち明けた。

「それで一晩中、なにをしてるんですか」

おもとが、眼を丸くした。

「一緒に眠ってくれるだけでいいなんて言うんだよ。ほんとに、あたしに抱きついて眠ったりするのさ。そういう、可愛《かわい》いとこがあるんだ。でも、何か考え事なんかしてるらしくて、夜中、うわ言を口にしたり、夢を見て叫んだりすることもあるんだ」

その時の光景を思い出したのか、千里がため息をついた。

「昨夜は、酒を飲んでたろう」

六平太の問いに、千里が頷いた。

「酒を飲んでくることは珍しいから聞いたんだよ。なにかあったのかいって。そしたらね、お父っつぁんが死んだらしいね。すまねぇすまねぇって、ぶつぶつ言いながら昨夜は眠ってしまったよ」

言い終わると、千里がふうと吐息をついた。

「お侍に、様子を見るように頼んだ親かね」

おもとが、六平太の顔を覗き込んだ。

「いや。おれが請け負ったのは、母親だよ」

「おかしいね。与茂平さん、おっ母さんは八つか七つの時に家を出て行ったと言ってたけどね」

そう口にして、千里がまたもや欠伸を嚙み殺した。

その時、開けっ放しの障子戸の外にすっと朝日が射《さ》した。

六平太は急ぎ身支度を整えると、おもとの局を後にした。

路地を曲がる時にちらりと振り向いた六平太は、手を振って見送るおもとと千里に、思わず手を上げて応《こた》えた。

網打場を後にした六平太は、油堀《あぶらぼり》西横川に架かる緑橋を渡って大川端へと向かった。

永代河岸を左に曲がれば、永代橋の東詰まではすぐである。

深川佐賀町《さがちょう》の角に差し掛かった六平太が、川端を見てふっと足を止めた。

永代河岸の際に、大川を向いて膝を抱えた宗雨の背中があった。

時々、手の甲で目元を拭《ぬぐ》う仕草を見せた。

泣いているようにも見えたが、六平太には、判別がつかなかった。

五

朝日を背に受けて永代橋を渡った六平太は、その足を神田へと向けた。

岩本町にある口入れ屋『もみじ庵』に立ち寄ることにした。

朝の暗いうちから人が動き出す江戸橋、日本橋一帯は日を浴びて、動き回る人や荷車で騒然としていた。

小伝馬町の牢屋敷《ろうやしき》に近い岩本町は、日本橋辺りに比べたら静かなほうだった。

「秋月だが」

『もみじ庵』の暖簾を割って土間に入り込んだ六平太が、人けのない店内で声を上げた。

「こんな時分に、おめずらしい」

奥から湯呑を手に現れた忠七が、帳場に座り込んだ。

「実は頼みがあって来たんだが」

六平太は、帳場近くの框に腰を掛けた。

「前借は、一切受け付けておりませんが」

「そうじゃねぇよ」

六平太が口を尖らせると、忠七が目尻を下げた。

「芝の材木屋『出羽屋』から付添いの口がかかっても、おれは断らせてもらうよ」

六平太が、そう宣言した。

「あぁ。それでしたらご心配なく。昨日、『出羽屋』さんから知らせがありまして、明日、伊藤南仙との対局に赴く平岡宗雨の付添いは、師匠の宗順、宗雨の弟子、それに『出羽屋』の手代二人が務めることになったようです」

忠七の話を聞いて、六平太からため息が洩れた。

宗雨の付添いを断るために、この二、三日、何かと気を遣った自分に、ほんの少し腹が立った。


間もなく、月半ばを迎えようという朝である。

朝餉の後に洗濯をした六平太は、二階の物干し場に下帯などを干した。

濡れた洗濯物が、日を浴びて輝くのを見ると、爽快感《そうかいかん》を覚える。

付添いの仕事が立て込んだせいで遅れていた衣替えも、二日前になんとか済ませた六平太は、朝から充実感に浸っていた。

深川の網打場で一晩を過ごしてから、四日が経っていた。

その間、日本橋の薬屋の隠居夫婦の付添いで増上寺の灌仏会《かんぶつえ》、旅籠《はたご》の娘の芝居見物の行き帰りの付添いもこなした。

「秋月様」

足元から、聞き覚えのある男の声がした。

六平太が階下へ下りると、『飛騨屋』の山左衛門が戸口の外に立っていた。

「なにごとですか」

六平太は慌てて、土間の草履に足を乗せて、路地に顔を突き出した。

「御蔵前の知り合いの所に行くついでがありましてね」

山左衛門が笑みを浮かべた。

「茶はともかく、白湯がありますから、とにかく中に」

六平太が、中を指し示した。

「それじゃ、ちょっとお邪魔しますよ」

履物を脱いだ山左衛門は、土間を上がって長火鉢の前に座った。

湯呑二つに白湯を汲《く》んだ六平太は、ひとつを山左衛門に、もうひとつを自分の前に置くと、長火鉢を間に向かい合った。

「秋月様が気にしてお出でだった平岡宗雨のことですが、対局の結果はお聞きですかな」

山左衛門がゆったりと口を開いた。

宗雨と、棋界の三名家の一つ、伊藤家の南仙との対局のことだった。

「いいえ。聞いてませんが」

「『出羽屋』の勘兵衛さんから聞きましたが、なんとも壮絶な戦いだったようです」

山左衛門が聞いた話だと、対局は朝五つ（八時頃）に始まり、勝負が決したのは夜の四つ（十時頃）だったという。

「両者とも精魂を使い果たしたように、げっそりと頬がこけたそうです」

「それで」

六平太が、身を乗り出した。

「勝ったのは、伊藤南仙でした」

山左衛門の言葉に、六平太は複雑な思いに囚《とら》われた。

宗雨が勝てば、ますます尊大になるのではないかという思いもしたが、一方で、勝たせたいという思いが、なくはなかった。

「しかし、勝ったほうの伊藤南仙は、凄《すさ》まじい対局の後寝込んで、いまだに起き上がれないほど消耗しているようですな」

そう語った山左衛門が、白湯を口に含んだ。

護国寺は、朝から多くの人出があった。

護国寺の庭には多くの花や樹木があって、一年を通して見物人が押し掛ける行楽の地でもあった。この時期は、なんといっても石楠花《しゃくなげ》と杜若である。

六平太とおりきは、花よりも、いくつか建ち並ぶ茶店を気に掛けて歩いていた。

六平太は昨日、市兵衛店に訪ねてきた山左衛門を送り出すと、音羽へとやって来ていた。

夕刻になって、

「いま、道端で菊次に会ったら、相談を持ち掛けられましたよ」

髪結いの仕事から帰って来るなり、おりきがそう口を開いた。

「なんでも、明日の朝、お八重ちゃんと護国寺の茶店で会うことになったようですよ」

菊次がおりきに持ち出した相談というのは、八重にどう接すればよいかということだった。

何をどう話せばいいのかと、菊次は思い悩んでいたという。

「なぁに、お八重ちゃんのいうことを黙って聞いていればいいさ」

そう返答をしたものの、今朝になって、

「六平さん、ちょいと様子を見に付いて来ておくれよ」

そう言われて、六平太はおりきと連れだって護国寺の仁王門を潜ったのだった。

「あ、お八重ちゃんだ」

おりきが前方を指さした。

六平太が知っている茶店の表に、菊次の見送りを受けて、笑顔で帰って行く八重の姿があった。

八重を見送る菊次の横顔に、安堵《あんど》感が漂っていた。

「ちゃんと会えたようだな」

おりきと共に近づいた六平太が、菊次の肩を軽く小突いた。

「へへ、いろいろ謝られちまったよぉ」

菊次が、困ったような顔をした。が、これは、菊次の照れ隠しだった。

「なにもおれは、八重ちゃんに怒ってたわけじゃねぇんだもの。けどさ、許してってていうから、うんとは返事しておいたよ」

「それでいいよ」

おりきが、小さく頷いた。

「兄ぃ。お八重ちゃん、こんなこと言うんだぜ。今度、音羽に来るときは、いい人と一緒に来ますなんてよっ」

「おめぇはなんて返答したんだ」

「待ってるって、おれ、すっと、素直にそう口から出たんだよ。待ってるって。なんなんだろうね。なんか、心持ちが楽になってしまったよ」

「きっと、お八重ちゃんも楽になったと思うよ」

おりきの声に、菊次が満面の笑みを浮かべた。

「よかったな」

六平太も声を掛けると、菊次が力強く頷いた。

「で、兄ぃたちはこれから花見かなんかで？」

「うん、そうなんだよ」

おりきが、そう返事をした。

「二人で、久しぶりに朝の護国寺を歩こうということになってな」

六平太が話を合わせた。

「それじゃおれは」

軽く会釈をして行きかけた菊次が、ふと足を止めた。

「実は、穏蔵だけどさ。あいつはどうも、毘沙門の若い衆になりてぇんじゃねぇかな」

「ほんとか」

六平太がすかさず問い返した。

「はっきり口にしたわけじゃねぇけど、おれが毘沙門の親方のとこに居た時、どんな仕事をしてたのかとか、いろいろ聞きたがるからさ。それでふっと、そう思っただけ。それじゃ」

言うだけ言うと、菊次は軽やかな足取りで仁王門の方へと向かった。

花見などはどうでもよかったが、六平太とおりきは、人の流れに押されるようにして石段を上った。

石段を上がり切ったところで、人の流れが二手に分かれた。

右手には大師堂があり、左は参詣道になっていて、道の先には境内の地形の起伏を利用して設けられた〈江戸三十三霊場〉がある。

「どう思う」

参詣道を歩き出してすぐ、六平太がおりきに尋ねた。

「穏蔵のことだね」

おりきから即座に返事が来た。

「毘沙門の若い衆なんてよ」

六平太の口から呟きが洩れた。

「毘沙門の甚五郎親方のところじゃいけませんか」

「いけねぇと言うんじゃねぇよ」

「ともかく、菊次の一人合点ということもあるから、一度、穏蔵さんと話をしてみることだね」

おりきのいうとおりだった。

ん、と曖昧に返事をしたあと六平太は黙り込んだ。

参詣道は、六平太もおりきも何度か来たことがある。

池があり、谷あり坂ありの道の所々には休み処《どころ》や茶店もあって、四季を通じて景色や花を愛《め》でる人たちで賑わうところだった。

「茶でも飲むか」

「いいね」

おりきが、六平太の提案に乗った。

道から少し奥まった茶店の床几《しょうぎ》に腰掛けると、おりきが小女《こおんな》に茶を二つ注文した。

待つほどのこともなく、二人に茶が運ばれた。

湯呑を口に運びかけた六平太の手が、ふと止まった。

「なにさ」

「ん」

六平太は、道の向こう側の花壇の辺りを見ていた。

『出羽屋』の勘兵衛に続いて、お葉と歩いている宗雨の姿があった。

「誰？」

「若い男が、昨夜話した、平岡宗雨っていう将棋指しだ」

「あぁ」

おりきが、改めて『出羽屋』の一行に眼を遣った。

宗雨の表情には自信が漲《みなぎ》り、眼光も、尖った顎と同じくらいの鋭さが窺えた。

「伊藤南仙との勝負には負けたものの、宗雨は当代最強だと評する声が一段と増えたようです」

六平太は、市兵衛店に訪ねてきた山左衛門が口にしたことを思い出した。

その一方で、早朝の深川で涙を拭っていた姿を思い出す。

段位は七段どまりで、決して名人にはなれない宿命が宗雨には立ちはだかっている。

宗雨は、三家の権威に挑もうと強がる自分と、三家の威光におののく自分が入り混じり、悶《もだ》え苦しんでいるのかもしれない。

深川、網打場の局見世だけが、与茂平でいられる場所だったのだろうか。

六平太は、一口茶を飲んで顔を上げた。

花壇の辺りから、宗雨一行の姿は消えていた。

第四話　一両損

一

昇って一刻《いっとき》（約二時間）を経た日射《ひざ》しは、すでに日中のように熱い。

団子屋と念珠屋の間の小路《こうじ》から目白坂に出ると、朝日がかっと照り付けた。

六平太《ろっぺいた》とおりきは、正面からの日射しをまともに受けて、音羽《おとわ》の方へと坂道を下った。

「明日の朝五つ（八時頃）過ぎに、穏蔵《おんぞう》が『吾作《ごさく》』に来ることになってます」

昨日の夕刻、おりきの家にやって来た菊次《きくじ》がそう口にしたのだ。

坂を下り切ったあたりで、五つを知らせる目白不動の時の鐘が鳴り出した。

桜木町《さくらぎちょう》の間を流れる小川に架かった小橋を渡ると、六平太とおりきは、左へと曲がった。音羽八丁目へと向かう裏道は、九丁目から護国寺《ごこくじ》の仁王門へと続く表通りと並行していた。

八丁目の角にある居酒屋『吾作』の戸は開いていたが、商いをしているわけではなかった。

店の表に、手拭《てぬぐ》いを頬被《ほおかむ》りにした女が蹲《うずくま》っていた。

六平太とおりきが近づくと、莚《むしろ》で作った大きな入れ物に入っていた灰を升で掬《すく》い、もう一つの入れ物に移し替えているのが見えた。

「これでもうお終《しま》いだそうです」

そう言いながら、店の中から出てきたのは、笊《ざる》を抱えた穏蔵だった。

六平太とおりきに気付いて軽く会釈をした穏蔵は、

「悪いけど、こっちとこっちに半分ずつ入れておくれな」

頬被りの女に言われたとおり、笊の灰を莚の入れ物に均等に入れた。

「おんなじ分量を入れないと、担いで歩くのが難儀でさ」

そう言って穏蔵に笑いかけた女が立ち上がって、ウウと腰を伸ばした。

灰買いを生業《なりわい》にしている女だった。

「なんだ。兄ぃたち、いたのか」

手に付いた灰を叩《たた》いて落としながら、菊次が店から現れた。

「それじゃ菊次さん、ありがとうよ」

頬被りの女は、蓆の入れ物を、天秤棒《てんびんぼう》の前後に掛けて担ぎ上げた。

「出た灰は溜《た》めておくから、また顔を出しな」

「うん、そうするよ」

灰買いの女は、六平太とおりきにも小さく会釈して、表通りの方へと向かった。

「ま、入んなよ」

菊次に促されて、六平太とおりきが店の中に入った。

その後ろに、穏蔵が続いた。

六平太とおりきが着いた卓の向かいに穏蔵が腰掛けた。

「まだ火も熾《おこ》してねぇから、茶なんぞは出せねぇが」

そう口にしながら、菊次が、卓の近くに樽《たる》を動かして、腰掛けた。

「菊次から先日、おめぇが、毘沙門《びしゃもん》の若い衆になりたいようだと聞いたもんでよ。それが本気かどうか、確かめたくて来てもらったわけだ」

六平太は、穏蔵をまっすぐ見て口を開いた。

「そんなこと、口にした覚えはありません」

穏蔵が、困ったように菊次に眼《め》を向けた。

「いや。おれも聞いたわけじゃねぇ。ねぇが、おめぇの口ぶりなんかから、そういう気があるんじゃねぇかと、そう思えたもんだからよ」

菊次の説明に、穏蔵がすぅっと眼を伏せた。

「それで、実際のところ、おめぇの気持ちはどうなんだ」

六平太は、努めて冷静な物言いをした。

おりきと菊次は、穏蔵に眼を遣《や》って、返答を待った。

「毘沙門の親方のところで働きたいです」

顔を上げることなく、穏蔵が打ち明けた。

「よし分かった。今から甚五郎《じんごろう》親方の所に行って頼んでみようじゃねぇか」

「え、これから？」

おりきが、頭のてっぺんから声を出した。

「あぁ、そうだよ」

六平太が腰を上げると、釣られたように穏蔵も腰を上げた。

その顔には戸惑いが貼《は》り付いていた。

居酒屋『吾作』から、甚五郎の家のある桜木町までは、隣の家にでも行くような近さである。

六平太は、並んで歩くおりきと穏蔵の前を歩いていた。

「わたしは、家に戻ってますよ」

桜木町まで来た時、おりきが立ち止まった。

「分かった」

六平太が返事をすると、おりきは励ましでもするように穏蔵の肩を叩いて、目白坂を上がって行った。

「行こうか」

穏蔵を促して、六平太が先に立った。

「おいでなさいまし」

甚五郎の家の土間に入り込んだ六平太と穏蔵に、毘沙門の若い衆、弥太《やた》が頭を下げた。

幸い甚五郎は在宅していて、弥太に取次ぎを頼むと、すぐに奥から現れた。

「ほほう。ご一緒に何事ですか」

土間に立った六平太と穏蔵に笑みを向けた甚五郎が、

「お掛けになって」

と促して、自らも土間近くに座った。

甚五郎と穏蔵は、以前何度か顔を合わせたことがあった。

六平太は穏蔵のことを、昔の知り合いの忘れ形見だと説明した覚えがあった。

「実は親方」

改まった六平太は、穏蔵が、甚五郎の下で働きたいと口にしたことを打ち明けた。

「ほう」

一瞬、思案でもするように胸の前で腕を組んだ甚五郎が、六平太を見、次に穏蔵に眼を遣った。

「穏蔵さんと二人で話をしたいと思いますんで、秋月《あきづき》さんはこのままお引き取り下さいませんか」

甚五郎が、丁寧に頭を下げた。

「なるほど。仕事のことなんかを話すにゃ、二人のほうがいいかもしれないね」

頷《うなず》いて、六平太は框《かまち》から腰を上げた。


「六平さん、ここ」

目白坂を上がって、おりきの家の方に曲がったところで、六平太に声が掛かった。

団子屋の表に張り出していた葦簀《よしず》の陰から顔を出したおりきが、手招いた。

六平太は、団子屋の表に回った。

「毘沙門の親方は、どうだったのさ」

おりきが、並んで床几《しょうぎ》に腰掛けた六平太に問いかけた。

甚五郎に、穏蔵と二人だけで話したいと言われたことを、六平太は打ち明けた。

「いらっしゃいまし」

顔見知りになった団子屋の内儀が、六平太に茶を置いた。

「おめぇ、団子は」

「さっき、食べてしまいましたよ」

おりきが、空の皿を指さした。

「おれは、この茶だけでいいよ」

「ええぇ。結構ですよ」

五十を超えている内儀は、年の割に色つやのいい顔に笑みを浮かべて、奥へと消えた。

「わたし、ふっと思ったんだけどね」

「なんだよ」

「穏蔵さんの、毘沙門の若い衆になりたいって思いを、やけにすんなり聞き入れたのが気になってたんだけど、分かりましたよ」

言い終わって、フフとおりきが笑った。

「分かったって、なにが」

「毘沙門の若い衆の仕事は、町の為《ため》、お寺や神社のためにすることがいっぱいあって、何かときついからさぁ。それこそ、朝暗いうちから町の掃除や常夜灯の修繕やら、夜は夜で、岡場所《おかばしょ》で厄介ごとが起きていないか見回り。ひとつ、事が起きたらあちこち駆け回らなきゃならない」

おりきが口にしたことは、音羽界隈《かいわい》で暮らす者なら誰でも知っていることだった。

「甚五郎親方が受け入れても、当の穏蔵さんが、あまりのきつい仕事にすぐさま弱音を吐くに違いないと踏んだに違いないんだ」

おりきが、どうだと言わんばかりに六平太に笑いかけた。

「その前に、親方から直《じか》に仕事の話を聞いて怖気《おじけ》づき、てめぇの口から〈やっぱりやめます〉と言うかもしれねぇと睨《にら》んでるがね」

ふふふと笑って、六平太が茶を飲み干した。

「六平さん、ちょっとあれ」

おりきの声がひっくり返っていた。

六平太が、おりきが指をさした方に眼を遣った。

団子屋の表の坂道を、毘沙門の若い衆の弥太と共に雑司《ぞうし》ヶ谷《や》の方に上がって行く穏蔵の姿があった。

「おい。なにしてんだ」

六平太が腰を浮かせた。

穏蔵と共に立ち止まった弥太が、六平太とおりきに気付いて会釈した。そして、

「穏蔵は今日から、桜木町に住み込むことになりました」

弥太の声に、六平太は言葉を失った。

「作蔵《さくぞう》さんに知らせに戻って、着替えとかを持って、親方の家に行くことになりました」

穏蔵が、淡々とした口ぶりで弥太の説明に付け加えた。

「よかったじゃないか」

おりきが声を掛けると、

「ありがとうございます」

穏蔵が、団子屋の二人に頭を下げた。

声もなく突っ立っている六平太の前から、穏蔵と弥太が坂の上へと歩き去った。

浅草、元鳥越《もととりごえ》の小路には夕闇《ゆうやみ》が迫っていた。

夏の日はとっくに沈んで、西の空に残っていた色味もすっかり消え失《う》せていた。

三味線堀《しゃみせんぼり》を通り過ぎた六平太は、浅草鳥越の道を寿松院《じゅしょういん》の方へと重い足を向けた。

穏蔵の働き口の一件では、思いもしない方向に事態が動いて、妙な疲れを感じたまま、六平太は音羽を後にして来た。

「親方、どういうわけで、穏蔵を若い衆として引き受けたんですか」

六平太は先刻、音羽を去る間際、江戸川橋に御足労願った甚五郎にそう尋ねた。

「いけませんでしたか」

甚五郎は、六平太の問いかけに意外そうな顔をした。

「いや。おれの口利きだからと気を遣ったのなら、そういうのはなしにしてもらいたいと思ってね」

「秋月さん、わたしは、誰の口利きかなんてことで人は選びません。毘沙門の看板に関《かか》わりますからね」

甚五郎が、顔を引き締めた。そして、

「穏蔵は、まっすぐな若者ですよ」

そう口にすると、小さく笑みを浮かべた。

「親方、実は、あの穏蔵というのは」

「秋月さん」

甚五郎が、右手を突き出して六平太の言葉を遮った。

「穏蔵が何者かなんて、どうでもいいことですよ。秋月さんが口を利いた男、それで充分です」

そう口にして、甚五郎が笑みを浮かべた。

甚五郎は、穏蔵が六平太の子であることに気付いているのかもしれない――元鳥越に帰る道々、そんな思いが六平太の胸に去来していた。

市兵衛店《いちべえだな》の木戸を潜《くぐ》った六平太は、路地を進んで我が家の障子戸に手をかけた。

「今でしたか」

隣家の弥左衛門《やざえもん》の家の戸口から、三治《さんじ》が顔だけ突き出していた。

「秋月さん、よかったら来ませんか。食い物も酒もたんまりありますよ」

三治がにやりと笑った。

噺家《はなしか》の傍ら、商家の旦那衆《だんなしゅう》を相手に幇間《ほうかん》を務める三治は、早くも弥左衛門の袖《そで》を摑《つか》んだのかもしれない。

「それじゃ、お邪魔するよ」

夕餉《ゆうげ》の支度もなにも考えていなかった六平太は、三治の誘いに乗った。

「やぁ、お上がりください」

弥左衛門が、土間に立った六平太に笑みを向けた。

三治の他に、大工の留吉《とめきち》と大道芸人の熊八《くまはち》も胡坐《あぐら》をかいて座り込んでいて、六平太を手招いた。

「いや、こちらの弥左衛門さんが、おれたちに、新しく住人となった挨拶《あいさつ》をしたいなんてさぁ」

「それでま、こうやって」

留吉に続いて、熊八が口上を述べた。

「そういうわけですので、秋月さん、どうか遠慮なく」

弥左衛門が軽く頭を下げた。

六平太が手にした盃《さかずき》に、三治が酌《しゃく》をした。

「三治」

六平太が声を掛けると、

「分かってますよ。酌はこれぎり。あとは手酌」

「それはなんですか」

弥左衛門が問いかけた。

「秋月さんは、酒を注《つ》いだり注がれたりするのを、前々から嫌がるんでやすよ」

三治は、六平太の流儀を弥左衛門に披露した。

「それはいいですな。この場も、ひとつその流儀でいきましょう」

弥左衛門の提案は、すんなりと通った。

「ま、よろしくということで」

弥左衛門の音頭で、一同が一気に酒を飲み干した。

車座になった一同の前には、仕出し弁当屋から届けさせたような料理が並び、角樽《つのだる》までであった。

「わたし、弥左衛門さんが江戸の道をよくご存じなのには感心しましたよ」

そう言って、熊八が煮物を頬張《ほおば》った。

「わたし、もともと江戸の生まれですから」

弥左衛門が口を開いた。

江戸の材木屋に奉公していた弥左衛門は、二十四の時に、粕壁《かすかべ》の簞笥屋《たんすや》の婿養子になった。

木の買い付けに江戸に来ていた、簞笥屋の旦那に望まれたのだという。

十年前に病死した家付きの女房との間に子はなく、気のいい手代を跡継ぎにして、弥左衛門は故郷の江戸に戻ることにした。

「三治さんに伺いましたら、秋月さんは、木場《きば》の『飛驒屋《ひだや》』さんとお親しいそうで」

「へへ、話の流れで喋《しゃべ》っちまった」

三治が、六平太に言い訳をした。

「『飛驒屋』さんといえば、江戸でも指折りの材木問屋ですからねぇ。いやぁ、大したものですよ」

江戸で材木を扱う仕事に就いていただけあって、弥左衛門はその方面に詳しかった。

「だけど秋月さん、ここんとこ、よく音羽に行くじゃねぇか」

留吉が、少し酔った眼を向けた。

「いいじゃないか留さん、音羽にゃ、秋月さんのレコが居なさるんだからさ」

三治が、そっと小指を立てた。

「あ。居るのやっぱり」

留吉の声がひっくり返った。

「熊さんは何度か、そのご婦人の顔を拝んだことがあるんだろう」

「口入れ屋の用事を言付《ことづ》かって行きますからね」

熊八が三治にそう言ったのは、本当のことだった。

音羽に行って、市兵衛店を留守にしている時など、神田岩本町《いわもとちょう》の口入れ屋『もみじ庵《あん》』の用件は、熊八が六平太に届けることになっていた。

音羽に行って、菊次かおりき、さもなくば毘沙門の若い衆の誰かに聞けば、六平太の居所は分かるようになっていた。

江戸の隅々まで歩き回る大道芸人の熊八は、六平太には有難い存在であった。

「夜分にすみません」

戸口の外から男の声がした。

「わたしが」

立とうとした弥左衛門を制して、三治が土間に下りて戸障子を開けた。

「申し訳ありませんが、お隣の秋月様に言付けをお願いしたいのですが。家に明かりがないものでして」

「秋月は、おれだが」

立ち上がった六平太が、三治に代わって土間に立った。

「神田岩本町の『もみじ庵』から言付かって参りました」

路地に立っていた男が、丁寧に腰を折った。

「おぉ。噂《うわさ》をすれば『もみじ庵』だね」

三治がおちゃらかした。

使いの男は六平太に、明日、『もみじ庵』に顔を出してもらいたいという忠七《ちゅうしち》の言付けを伝えて帰って行った。

二

昨夜の酒のせいか、六平太は朝までぐっすりと眠った。

目覚めたのは朝日が昇った後だったが、二日酔いはなかった。

弥左衛門は、いい酒を飲ませてくれたようだ。

そのうえ、並んでいた赤飯も料理もかなりの量が余ったので、六平太をはじめ、留吉、三治、熊八は取り分けて持ち帰った。

六平太は、昨夜持ち帰った料理を朝餉《あさげ》にして、市兵衛店を出た。

神田岩本町の口入れ屋『もみじ庵』に着いたのは、五つ半時分（九時頃）だった。

「実は、三日後の付添いの話がありましてね。それで、昨夜のうちに使いを走らせたのですよ」

帳場の忠七が、六平太が土間の上がり框に腰掛けるなりまくしたてた。

「急な仕事じゃ、秋月さんにしても他に用事があるということもあるだろうし。なにせ、三日後のことでしたから」

「忠七さん、おれはそんなに忙しくはありませんぜ」

六平太は、嫌味を口にした。

「向こうが、秋月さんをと名指しなんですよ。そうじゃなかったら、夜分に使いなど出しませんよ」

忠七に嫌味は効かなかった。

「名指しというと」

「本所《ほんじょ》、小梅《こうめ》村の源右衛門《げんえもん》と仰《おっしゃ》る方の使いが見えまして」

「小梅村の源右衛門、覚えはねぇな」

「本当ですか」

忠七が、疑わし気な眼を向けた。

「おれがなんで嘘《うそ》を言わなきゃならないんだよ」

「『もみじ庵』を通さず、こっそりと付添いを請け負っていたお相手ということも考えられます」

忠七の余りの言いように声を張り上げそうになったが、六平太は我慢した。

小梅村に行く時刻と源右衛門の家の場所を聞き終えた六平太は、辞去の声も掛けずに『もみじ庵』を飛び出した。

「秋月さんじゃありませんか」

白壁町《しらかべちょう》を足早に通り抜けて、鍛冶町《かじちょう》の通りに出たところで、六平太に声が掛かった。

上白壁町の小路から、下っ引きを連れた藤蔵《とうぞう》が大通りに出て来た。

「なんか、腹の立つことでもございましたか」

「口入れ屋の親父《おやじ》の物言いが癪《しゃく》に障ってよぉ」

「そうでしたか」

藤蔵は、おかしそうに笑った。そして、

「そうそう。音羽の方で、なにかあったんですかね?」

と、真顔になった。

「何かというと」

「ついさっき、北町の矢島《やじま》様に会いましたら、音羽の徳松《とくまつ》親分に頼まれて行くということで。なんでも、毘沙門の甚五郎さんというお人からのお声掛かりだそうです」

藤蔵は、そう続けた。

日は中天に昇っていた。

江戸川沿いに歩いて来た六平太は、小日向水道町《こびなたすいどうちょう》から音羽桜木町に差し掛かっていた。

六平太に関わることが音羽で持ち上がったのなら、すぐに知らせがくるはずだが、それはなかった。

だが、どうにも気になった六平太は、藤蔵と別れるとすぐ、神田から音羽へと足を延ばした。

江戸川橋を渡ると、真っ先に甚五郎の家に飛び込んだ。

「親方は、三丁目の自身番に行きましたが」

甚五郎を訪ねた六平太に、若い者頭の佐太郎《さたろう》がそう告げた。

三丁目の自身番なら、六平太もよく知っていた。

「ごめんよ」

三丁目の角にある自身番の表で声を掛けると、中から甚五郎が顔を出した。

「秋月さんですよ」

甚五郎に声を掛けられて、中から首を伸ばした矢島新九郎《しんくろう》が、

「なんですか」

と、眼を丸くした。

「神田の藤蔵親分から、矢島さんが毘沙門の親方の用で音羽に行ったと聞いたもんで、いったい何事かと」

「なるほど」

新九郎が頷くと、

「特に大事ということじゃねぇんですがね」

甚五郎がそう言い添えた。

「連れてきました」

表通りの方から、目明かしの徳松が、女を伴ってやって来た。

「ま、こっちへ」

甚五郎が、女を上に上げて、新九郎の前に座らせた。

自身番の中は、三畳の畳の間の奥に、一時、科人《とがにん》などを繋《つな》ぎとめておく鉄の輪の備わった板の間があるだけだった。

徳松は板張りに上がり込んだが、六平太は中に入るのを遠慮して、外に面した上がり框に腰掛けた。

「こちらが、この辺りで灰買いをしているお国《くに》さんでして」

徳松が、新九郎に言って女を指した。

六平太が昨日、『吾作』の表で見かけた灰買いの女だった。

「昨日、集めた灰を、問屋に持っていく前にお国さんが混ざり物を選《え》り分けていますと、灰にまみれた仏像が出て来たんですよ」

「最初は鉄屑《てつくず》かと思ったんですけど、何気なく着物の袖で拭《ふ》いたら、金色をしてまして」

甚五郎の話を受けて、お国が言い添えた。

「これなんですがね」

懐から小さな包みを取り出した甚五郎が、巻かれていた布を外して一同の前に立てたのは、五寸大（約十五・二センチ）の金色の仏像だった。

「集めた灰の中から、鉄や割れた瀬戸物が出ることはたまにありますが、こんなものは初めてだったので、毘沙門の親方に相談に伺いました」

お国が、膝《ひざ》に手を置いてこくりと頷いた。

「甚五郎親方から話を聞きまして、門前の骨董屋《こっとうや》に持っていきましたら、なんでも勢《せい》至菩薩像《しぼさつぞう》だそうで、二十両（約二百万円）は下るまいということでした」

徳松が新九郎に報告した。

「それでわたしも困りまして、徳松親分とも相談して矢島様にお出ましを願ったわけで」

そう口にした甚五郎が、徳松共々、新九郎に頭を下げた。

灰買いというのは、家々の竈《かまど》から出る灰を引き取って灰問屋に売るのが生業だった。灰は、畑の肥料にもなり、製糸業、染色業にも使われるので、結構、重宝された。

「この仏像は、昨日引き取った灰の中に入っていたのに間違いはないんだな」

「はい」

新九郎の問いに、お国は頷いた。

「どことどこを回ったか、分かるかい」

「分かります。ええと」

お国が首を傾《かし》げて、指を折り始めた。

「料理屋が二軒、七丁目の妓楼《ぎろう》が二軒」

「ちょっと待ってくれ。書き留めるから、店の名を言ってくれねぇか」

「ええと。一丁目の旅籠《はたご》『桔梗屋《ききょうや》』、料理屋は、同じ一丁目の『糸半《いとはん》』、二丁目の『田中屋《たなかや》』」

お国はその後、『吾作』の名を口にし、続けて妓楼、質屋、桶屋、初めて声の掛かった仏具屋や畳屋の名を一同の前で言い終えた。

徳松は書き終えると、ふうと息を吐いた。

「手分けして、昨日、お国さんに灰を売ったところを一軒一軒聞いて回るしかねぇな」

新九郎の言うような手しかなさそうだ。

「ほとんどが音羽で、数も知れてますから、わたしと下っ引きで聞いて回ります」

「親分、うちの若い者も使ってくれていいよ」

甚五郎がそう申し出た。

「手分けして聞き回れば、一刻、遅くとも夕方には様子が知れるんじゃねぇかねぇ」

新九郎の言葉に、甚五郎と徳松が頷いた。

聞いて回った結果は、徳松が知らせることに決まって、新九郎は一旦《いったん》、音羽を引き揚げることになった。

自身番の外に出て新九郎を見送ると、甚五郎と徳松は人を集めに去った。

「お国さんはどうするね」

「家に帰って、晩の支度でも始めます」

そう口にして、お国は六平太に小さな笑みを向けた。

外歩きの仕事柄、日に焼けて、二つ三つ老けて見えるが、二十七、八だろうか。

「家はどこだい」

歩き出すとすぐ、六平太が尋ねた。

「四丁目の、鼠《ねずみ》ヶ谷《やつ》下水の八郎兵衛店《はちろべえだな》です」

「おれはこのまま『吾作』に行くから、途中まで」

「わたしも『吾作』さんに行くんです」

お国は、『吾作』に預けている六つになる倅《せがれ》を引き取りに行くのだという。

お国が仕事に出る時は、長屋の老爺《ろうや》や老婆などが面倒を見てくれるのだが、それがままならない時は、灰買いにも連れていく。

『吾作』の菊次は、困った時に倅を預かってくれるありがたい存在だと、お国が口にした。

「しかし、そんな子供、『吾作』じゃ見かけなかったな」

「預けるのは昼間だけで、それに何日かに一遍です。秋月様が『吾作』にお出《い》でになるのは、夜がほとんどだと聞いてますから」

「なんだ。おれを知ってたのか」

「お顔とお名前だけは」

小さく笑って、お国が頷いた。


とりとめのない世間話をしている間に、六平太とお国は『吾作』の表に着いた。

「菊次、お国さんと連れ立って来たぜ」

六平太が、店内に足を踏み入れながら声を掛けた。

「なんだい、珍しい」

菊次が、板場から首を伸ばした。

「秋月さんも自身番にお見えになったもんだから」

「あぁ」

菊次が頷いた。

「部屋の掃除、終わったよ」

雑巾《ぞうきん》を入れた手桶を持った男児が、店の奥の方から現れると、

「公吉《こうきち》、帰るよ」

と、お国が声を掛けた。

公吉と呼ばれた男児は、うんと返事をして笑みを零《こぼ》した。

「昼飯作るから食ってけよ」

板場から菊次が声を掛けた。

「ううん、ありがとう。でも、うちで何か作るから」

お国が遠慮した。

「公吉、手ぇ出せ」

板場から出てきた菊次が、子分に命じるような口調で声を掛けた。

菊次が、差し出した公吉の掌《てのひら》に、十文（約二百円）を握らせた。

「菊次さん、そんなこと」

お国が、公吉の手を摑んだ。

「お国さん、いいんだ。公吉には飯台や、奥の部屋の畳を拭いてもらったんだ。ただ働きさせたんじゃ、おれが鬼呼ばわりされちまうよぉ」

「いつもいつも、すみません」

お国は、公吉の手を引くと、菊次と六平太に頭を下げて『吾作』を後にした。

「お国さんは、子供と二人暮らしなのか」

六平太が尋ねると、

「亭主は、三年ばかり前に病で死んだらしいね」

菊次がぽつりと答えた。そして、

「しかしお国さんはよく働くよ。灰なんてもんは溜まると結構な重さになるんだが、それを毎日集めて回るんだから、頭が下がるよ」

いたく感心して、唸《うな》り声を上げた。

「そうだ兄ぃ、穏蔵は毘沙門の若い衆になったそうだねぇ」

「なんかおかしいのか」

にやりと笑った菊次の物言いが少し癪に障って、六平太が口を尖《とが》らせた。

「なにもおかしくはねぇさ。おれがあのまんま毘沙門にいたら、穏蔵は弟分だったなと思ってさ」

真顔になった菊次が、しみじみと口にした。

菊次は、穏蔵が十二の時分から見知っていた。

その穏蔵の成長を、菊次なりに実感しているのかもしれなかった。

三

団子屋と念珠屋の間の小路を抜けて、六平太とおりきが目白坂に出ると同時に、目白不動の時の鐘が鳴り始めた。

六つ（午後六時頃）である。

「お出かけでしたか」

坂道を上がって来た、甚五郎の片腕の佐太郎が声を掛けた。

「菊次のとこで飯を食おうかと思ってね」

「そうでしたか」

「なんか、用だったのかい」

「秋月さんがお手空《す》きでしたら、おいで願えないかと親方が」

六平太が尋ねた。

佐太郎が、申し訳なさそうな口ぶりで答えた。

「なんなら、親方の所に寄ってから『吾作』に行けばいいじゃないか」

おりきの提案に、六平太は頷いた。


「お連れしました」

佐太郎の案内で、六平太とおりきが甚五郎の家の土間へと足を踏み入れた。

「わざわざすみませんね」

徳松やお国と板張りに座っていた甚五郎が、六平太に軽く会釈した。

「なぁに、『吾作』に行こうとしてたところでしたから」

おりきが、甚五郎に向かってゆっくりと手を横に振った。

「いやあ、実は、親分とうちの者で、お国さんが灰を引き取ったところをくまなく聞いて回ったんですが、どこも仏像のことは知らないという返事でしてね」

そう口にして、甚五郎が腕を組んだ。

六平太とおりきは、黙って框に腰を掛けた。

「お国さん、昨日灰買いに行った先を、言い忘れたところはあるまいね」

徳松が、昼間、聞き書きした紙を広げた。

「ここに書いてあるとおりです」

紙に首を伸ばしたお国が、そう口にした。

「前の日に集めた灰と混ざるということはないのかい」

甚五郎が口を開くと、お国が軽く首を捻《ひね》った。

「集まりが悪い時は、次の日に集めた灰と一緒に問屋に持っていくこともありますけど」

「仏像が出た日は、どんな風だったんだい？」

徳松が身を乗り出した。

するとお国が、懐《ふところ》から紙を綴《と》じた冊子を取り出した。

下手な字で何かを記した冊子は、手垢《てあか》や染みなどで汚れていた。

「仏像が出た日は、『桔梗屋』さんに行った日だから、三の付く日の十三日。その前の日というと」

ぶつぶつ独り言を口にしながら、お国は冊子の文字を指でなぞった。そして、

「前の日は、灰が多く出るところを回りましたから、その日のうちに問屋に持って行きましたよ」

そう言って、お国は徳松と甚五郎に小さく頷いた。

「それはなんだい」

甚五郎が、お国の冊子を指さした。

「日によって、行先を変えてるんですよ」

お国は、一の付く日から九の付く日に訪ねる行先を、冊子に書き記していた。

料理屋、妓楼、風呂屋《ふろや》、大店《おおだな》の台所は、大量の灰が出るから、毎日回っても集められるのだという。

桶屋、畳屋も屑を燃やせば灰は溜まるが、仕事の量が日によってまちまちなので、三日おきに寄ることにしていた。

長屋では煮炊きをする者が少ない上に、灰となる分量も少ないので、五日に一度くらいしか行かなかった。

「当てもなく歩いてるのかと思ってたのに、知恵ってものは、どの商いにも要るもんなんだねぇ」

おりきが、感に堪えないという声を出した。

「音羽の町に、噂を流しちゃどうだい」

六平太が思い付きを口にした。

どこの何という灰買いとは言わず、引き取った灰の中から金の仏像が出たが、持ち主が分からず、目明かしも困っていると喧伝《けんでん》してはどうかと、六平太が持ち掛けた。

「そうすりゃ、名乗り出る者がいるかもしれませんね」

そう口にして、徳松が頷いた。

「だが、仏像の大きさと、勢至菩薩だということは伏せたほうがいいな」

甚五郎と徳松は噂を流す役目を請け負うと、口を揃《そろ》えた。


神田岩本町界隈《かいわい》は曇り空だった。

今朝早く音羽を出た時も、灰色の雲に覆われていたが、途中、雨に降られることはなかった。

「ごめんよ」

暖簾《のれん》を割った六平太が、口入れ屋『もみじ庵』の土間に足を踏み入れた。

「お。丁度良かった」

帳場に座っていた主《あるじ》の忠七が、顔を上げた。

「例の、本所、小梅村の付添いだがね。なんとか別の日に日延べしてもらうというわけにはいかないかね」

六平太が拝むように片手を上げると、忠七はぽかんと口を開けた。

昨日、甚五郎たちとの話し合いで、灰の中から仏像が見つかったという噂を流すことに決まった。

そうなると、今日か明日にはなんらかの動きがあると思われる。

付添いをして稼ぎたいが、六平太は音羽の成り行きのほうも気になった。

「丁度よかった」

さっきと同じ言葉を繰り返した忠七の声に、ほっとしたような響きがあった。

「実は昨夜、向こうさんから、日延べをしてもらいたいと言って来たんですよ」

忠七が、そう続けた。

依頼していた源右衛門の女房が熱を出したので、菩提寺《ぼだいじ》への墓参は日延べすると言って来たという。

忠七の嫌味を聞かずに済んで、六平太もほっとしていた。

『もみじ庵』を後にした六平太は、同じ神田の上白壁町へと足を向けた。

六平太が昨日、一旦元鳥越に戻ると口にすると、

「これまでの様子を矢島様にお知らせ願えませんか」

音羽の目明かし、徳松に頼まれていた。

矢島新九郎の住む八丁堀《はっちょうぼり》が近かったが、五つを過ぎた時刻では、すでに役宅《やくたく》を出ていると思われた。

定町廻《じょうまちまわ》りの新九郎に連絡を取りたければ、奉行所《ぶぎょうしょ》を訪れるより、町中の目明かしに尋ねるほうが手っ取り早い。

六平太が、上白壁町の藤蔵の家に行くと、

「たったいま、出かけたとこでした」

何度か顔を合わせたことのある藤蔵の女房が、済まなそうに頭を下げた。

六平太は、藤蔵から新九郎に伝えてくれるよう、女房に伝言を託した。

『仏像の持ち主は、不明』

『灰の中から仏像が出た噂を町中に流し、心当たりのある者は、自身番に名乗り出るようにと触れ回ることにした』

伝言の内容は、その二点だった。

抱え込んでいた用事を二つとも済ませた六平太は、その足を元鳥越へと向けた。

翌日の浅草、元鳥越は、朝から晴れ渡っていた。

ゆっくりと朝餉を済ませた六平太は、洗濯に取り掛かった。

隣の住人、弥左衛門の家に通う五十絡みの女中や、留吉の女房、お常《つね》が洗濯に精を出している様子を見て、六平太もその気になった。

このところ音羽に行くことが多く、家の中のことを何もしていなかったことに気付いて、この日、家の掃除をすることに決めた。

洗濯した浴衣や下帯などを二階の物干しに干すと、すぐに思い立って、敷布団と掛け布団を物干しの手摺《てすり》に掛けた。

干し終わって東の方に眼を遣ると、浅草御蔵《おくら》の屋根の先が見え、澄んだ空気の向こうに、大川の東岸に建ち並ぶ大名屋敷の屋根までも見通せた。

一旦その気になると、やることはたくさんあった。

掃き掃除に雑巾掛け、土間の竈の灰の片づけまで、六平太は、昼近くまで掛かってやり遂げた。

特段急ぐことはなかったが、一通り済ませた時分には、背中に汗をかいていた。

「途中でやめるんじゃないかと思ってたけど、感心感心」

井戸端にお常がやって来て、汗を拭いていた六平太に声を掛けた。

「たまには掃除くらいしとかねぇと、佐和《さわ》に何を言われるかしれねぇからさ」

「そりゃそうだ」

お常がハハハと、声を立てて笑った時、近隣の寺から九つ（正午頃）の鐘の音が鳴り出した。

「秋月さん、昼餉《ひるげ》はどうするつもりだね。朝の残りでよけりゃ、分けてやるよ」

「動き回って腹が減ったから、お常さんの分まで横取りする恐れもある。おれは、御蔵前のどこかに飛び込むよ」

ありがとよ、そう口にして、六平太は井戸端を後にした。

普段、口の悪いお常だが、飯を分けてやるような親切心を持ち合わせていた。

家に戻った六平太は、一重の着物に着替えると、腰に刀を差して市兵衛店を出た。

元鳥越から御蔵前まで、大した道のりではない。

浅草御蔵近くには米問屋が多く、その近辺で働く人足たちを目当てに、多くの飯屋が商いをしていた。

佐和が浅草に嫁いで一人暮らしを始めた頃、六平太はよく御蔵前の飯屋に飛び込んだものだ。

何度か入ったことのある森田町《もりたちょう》の飯屋の暖簾を潜って、六平太は昼餉を摂《と》った。

四半刻《しはんとき》（約三十分）ばかりして、六平太が市兵衛店に戻ると、

「秋月さん」

大工の留吉の家から、またしてもお常の声がした。

開けてあった戸口の中を覗くと、上がり口に座ったお常の前に、土間の框に腰掛け

た穏蔵の姿があった。

「ついさっき、秋月さんの家を覗《のぞ》いてたもんだから声を掛けたら、音羽から使いで来たというじゃないか」

お常が言い終わるとすぐ、穏蔵が腰を上げた。

「使いっていうと？」

六平太が、路地から穏蔵に尋ねた。

「毘沙門の親方に言いつかって来ました」

穏蔵は、甚五郎からの言付けを六平太に伝えた。

それによると、灰集めに出たお国の留守宅に何者かが押し入った形跡があったという。

昼前に一旦家に戻ったお国は、家が荒らされていることに気付いたのだ。

「これから、音羽にいく」

六平太が口にすると、穏蔵が路地に出てきた。

「お茶、御馳走様《ごちそうさま》でした」

先に歩き出した六平太は、お常に礼を言った穏蔵の声を、背中で聞いた。

六平太と穏蔵は、本郷菊坂台町《きくざかだいまち》を通り過ぎた後、小石川仲町《なかちょう》を伝通院《でんずういん》の表門の方へ向かっていた。

穏蔵は、六平太のすぐ後ろに続いていた。

元鳥越からここまで、二人はほとんど言葉らしい言葉を交わさなかった。

話したくないわけではなかったが、なにをどう切り出せばいいか、六平太は思いあぐねていた。

背後から何か声が掛かれば、それに応《こた》えるつもりだったが、穏蔵の口は重かった。

「毘沙門では、どんな仕事をしてるんだ」

六平太が思い切って口を開いた。

「町内の掃除です。常夜灯の修繕とか、お寺の石灯籠《いしどうろう》磨きとか、親方の家の掃除も」

「うん」

六平太は返事をしたが、その後、穏蔵の声が続かなかった。

「仕事はきついだろう」

無言で十間（約十八メートル）ばかり進んだところで、六平太が問いかけた。

「はい」

すかさず返事をした穏蔵の声に屈託がなかった。

思わず振り返ると、穏蔵が照れ笑いを浮かべた。

「我慢出来るのか」

六平太の問いかけに、穏蔵は頷いた。

六平太はすぐに前を向いた。

行く手に、関口《せきぐち》の台地が見えていた。

「飯は美味《うま》いか」

「はい。弥太さんや竹市《たけいち》さんたちは、賄《まかない》が上手です」

「ほう」

「時々、手伝わせてもらってます」

穏蔵の声が、気のせいか、弾んでいた。

男所帯の台所の様子が眼に浮かんで、六平太は思わず笑ってしまった。

音羽桜木町の甚五郎の家に立ち寄ると、

「親方は、自身番に詰めてます」

毘沙門の若い衆の六助《ろくすけ》が、そう教えてくれた。

穏蔵とはそこで別れて、六平太は音羽三丁目の自身番へと足を向けた。

「厄介なことになりましたよ」

自身番に顔を出すなり、甚五郎が六平太に苦笑いを投げかけた。

「お国の家に仏像があると踏んだ者が押し入ったに違いありませんよ」

徳松が声を押し殺した。

さいわい、仏像は甚五郎が預かっていたから、盗まれることはなかった。

しかし、灰の中から仏像が出てきたと噂を流した時、誰も、灰買いのお国の名は出していなかった。

にもかかわらず、お国の家だけが狙《ねら》われた。

徳松は、お国以外の灰買いに尋ねたが、家に押し入られたという者はいなかった。

「秋月さん、これはもう、仏像がお国の灰の中にあったことを知ってる者の仕業ですね」

おそらく、甚五郎のいう通りだろう。

「ということは、あの日、お国が回った先の誰かが仏像を灰に入れたか、入れるのを見ていたかだ」

六平太の推察に、甚五郎が頷いた。

「家になかったことで、今度は、直にお国に近づいて、仏像のありかを聞こうとするかもしれませんぜ」

徳松の予想ももっともだった。

下手をすれば、お国に危害が及ぶということもある。

「わたしゃ、お国をどこかに避難させるより、このまま長屋に居させて、近づく者がいないか見張るほうがいいように思いますがね」

徳松が、諮《はか》るように甚五郎と六平太を見た。そして、

「さいわい、お国の家の向かいが空いてますんで、うちの下っ引きに詰めさせようと思います」

「音羽じゃ、親分の下っ引きだと顔が知れてる心配があるぜ」

六平太が口を挟んだ。

「お国さんの向かいには、おれが詰めるよ」

そう切り出すと、甚五郎と徳松が了承した。


その日の夕刻。

六平太は、音羽四丁目、鼠ヶ谷下水の八郎兵衛店の空き家に入った。

そのあとすぐ、毘沙門の若い衆が、荷車に積んで来た夜具一式と箸《はし》、茶碗《ちゃわん》、鉄瓶、急須《きゅうす》を六平太の仮の宿に運び入れてくれた。

若い衆が去って、六平太一人になると、

「このたびはなんとも」

徳松から話を聞いたというお国が訪ねて来て、頭を下げた。

「なにも気にすることはないよ。お国さんのためでもあるが、町内を預かる甚五郎親方の手助けのつもりでもあるからね」

六平太はそう言って笑みを浮かべた。

お国は、六平太の朝晩の食事を気にしていた。

なんなら一緒にとも言ってくれたが、それは辞退した。

「飯はおりきの家で済ませるし、夜は『吾作』に行く手もあるから心配ないよ」

六平太とお国が近しくしているのを、仏像を狙う張本人に気付かれでもしたら、計画は徒労に終わるおそれがある。

「さっき、徳松親分に聞くのを忘れたんですけど、わたし、明日からどうしたらいいんでしょうか」

お国が、六平太を窺《うかが》った。

「灰買いの途中で、危ない目に遭うようなことがあれば公吉は連れて行けないし、秋月さんに付いて来てもらうわけにもいかないし」

お国はすっかり途方に暮れていた。

灰買いのお国に付添うのは、六平太には苦でもなかった。

だが、お国の傍《そば》に浪人が付いていると知れば、相手は用心して近づくまい。

そうなると、お国の家に押し入った下手人の捕縛が難しくなる。

悩ましいところだった。

護国寺門前から音羽九丁目へと繋《つな》がる参道は、朝から賑《にぎ》わっていた。

参拝の人もいれば、早朝の境内に咲く花を愛《め》でる粋人《すいじん》も多くいた。

「あら、秋月の旦那、朝から参拝なんて変だなぁ」

揚弓場《ようきゅうば》の矢取り女のお蘭《らん》が、小路の陰から大声を出した。

「誰かと飲み明かしたのかぁ」

六平太が声を掛けると、

「飲んだだけじゃねぇよぉ」

そう喚《わめ》いたお蘭が、大欠伸《おおあくび》をした。

六平太は、行き交う人の流れを掻《か》き分けるようにして進んだ。

人の流れの先を、公吉の手を引いたお国が、広い参道の反対側へと向かっていた。

やはりここでも、お国たちと同行することは避けた。

参道の西側の裏道に入ったお国と公吉は、八丁目の方へと曲がった。

お国と公吉に追いついた六平太は、三人揃って、居酒屋『吾作』の店内に入り込んだ。

「三人揃って、なんなんだい」

仕込みをしていた菊次が、板場から首を伸ばした。

「お国さん親子を、しばらく『吾作』で働かせてもらえないかと頼みに来たんだよ」

六平太が、灰から出てきた仏像に絡んで、お国の家が何者かに押し入られた経緯《いきさつ》を菊次に打ち明けた。

「灰買いに出るわけにもいかず、かといって長屋でじっと息を詰めているのも可哀《かわい》そうだ。それよりは、おめぇの目の届くところで動いてたほうがましだと思ってね」

「そりゃ、渡りに船だ。一人でやってると、どうしても手が欲しくなることがあってさ。皿洗いや、物が足りない時の買い物もあってね」

お照《てる》と八重《やえ》が音羽から居なくなって以来、菊次は頑固に一人で奮闘していたが、内情は厳しかったようだ。

「わたしと公吉で、お役に立つよう働きますから、ひとつよろしくお願いします」

お国が頭を下げると、公吉が倣った。

「お国さんと公吉にゃ、遊ぶつもりで来てくれりゃいいんだ。長屋との行き帰りだけ、兄ぃに付き添ってもらえば、あとはこっちに任せてもらいてぇ」

菊次が頼もしい口を利いた。

お国と公吉は、早速今日から働くことに決まった。

「それで兄ぃ、持ち主が最後まで出てこない時、その仏像は誰のもんになるんで?」

「そりゃ、お国さんだ」

「それは困ります」

突然、お国が甲高い声を上げた。

「そんな、二十両もするような仏様がうちにあったら、おちおち眠れやしない」

そんなお国の物言いに、六平太から笑みがこぼれた。

関口駒井町《こまいちょう》のおりきの家の庭は、日が翳《かげ》っていた。

庭の傍を流れる江戸川や神田上水の南側の、中里村《なかざと》や牛込《うしごめ》の台地は西日を浴びていた。

まだ日の入りの時刻ではないのだが、関口の台地の東側一帯は、他所《よそ》より早く日陰になるのが常だった。

六平太は、薪《まき》の束に腰掛けて風呂の焚口《たきぐち》の火加減を見ていた。

今日は火付きがよく、煙もあまり出ない。

時の鐘が七つ（四時頃）を打ってから、半刻《はんとき》（約一時間）が経《た》った頃だろうか。

『吾作』にいるお国と公吉母子を八郎兵衛店に送り届ける刻限には、まだ間があった。

六平太は、縁に上がって風呂場に行くと、湯船に渡した木の蓋《ふた》をずらして湯に手を差し入れた。

熱めだった。

だが、少し熱めのほうが、入る時分にはいい湯加減になる。

庭に戻った六平太は、火の付いた薪を二本、焚口から引き落とした。

「六平さん、おいでかい」

表から、切迫したようなおりきの声がした。

「庭の方だ」

六平太が声を張り上げた。

川との境に張り巡らせた生け垣と母屋の間の細い道から、台箱を下げたおりきに続いて、甚五郎まで姿を見せた。

「大事だよ」

おりきが差し迫った声を発した。

「どうも、灰買いのお国さんの倅がかどわかされたようです」

厳しい顔つきの甚五郎が、紙切れを差し出した。

六平太が、二つ折りになった紙を開くと、こなれた文字があった。

『こどもをあずかった。あんたがみつけた仏像と、こうかんしたい』

その後も書かれている文《ふみ》をそこまで読んだところで、六平太が顔を上げた。

「菊次の使いで買い物に行ったものの、一刻（約二時間）経っても戻らないと言うので、お国さんが、味噌《みそ》屋と油屋に行くと、公吉は一刻前には帰ったと言ったそうです」

お国は八郎兵衛店へも行ってみたのだが、公吉の姿はなかったのだと、甚五郎が続けた。

「そうこうしてるうちに、『吾作』の勝手口の土間に、その文が落ちているのを菊次が見つけまして」

そう口にした甚五郎が、唸るようなため息をついた。

六平太が、お国宛《あて》の文に眼を落とすと、バチバチと、焚口の薪が爆《は》ぜた。

四

毘沙門の甚五郎の家の、奥の部屋に通されたのは初めてのことだった。

六畳の部屋に行灯《あんどん》が二つ置かれて、甚五郎、徳松、そして六平太が、文を読む新九郎に注目していた。

新九郎が読んでいるのは、公吉をかどわかしたという本人からお国に届いた文である。

甚五郎と徳松は、新九郎を交えて今後の対応を協議しようと考えた。

待機するお国には、おりきが付添いとして八郎兵衛店に行っていた。

六平太が夕方読んだ文には、公吉と仏像を交換する手立てが記されていた。

〈明日、仏像を、音羽三丁目の質屋『加賀屋《かがや》』に一両で質入れすること。

仏像を質に入れるのは、お国に限る。

質入れしたらすぐに、質札を竹筒に入れて密封をし、江戸川橋から江戸川へ投げ入れること。それを確認したら、倅公吉は返す〉

おおよそ、このような内容のことが文に記されていた。

「かどわかしの相手を捕まえるのに一番の機会は、金の受け渡しの時だが、こいつは、それをどうするつもりだ」

読み終えた新九郎が、忌々《いまいま》しげに唸った。

「どういうことで？」

徳松が、声を低めた。

「下手人は質札を手に入れて、質屋に行って仏像を受け出して初めて、いわば公吉の身代金を手にすることになるんだよ」

「つまり」

独り言のように呟いて、徳松が首を捻った。

「つまりよ。下手人は、仏像の質札を手に、のこのこ質屋に面を出さなきゃならないということだ。いくら他人に頼んでも、質屋から徳松のところに知らせが届く。そんな危ない橋を渡るつもりなのかと、引っ掛かるんだよ」

新九郎の不審は、六平太も同感だった。

甚五郎までもが、新九郎の言葉に相槌《あいづち》を打った。

「それに、どうして一両で質入れしろと言って来たかが分からねぇ」

六平太が、小声で吐き捨てた。

「矢島様、どうしたもんですかね」

甚五郎が、問いかけると、

「ともかく、公吉を返させるのが先決だ。相手の言うとおりにしようじゃねぇか」

新九郎の決断に、甚五郎と徳松が力強く頷いた。

「お国さんには、明日朝一番に質屋に行ってもらったほうがいいね。そのほうが、公吉は早く戻って来られるかもしれねぇ」

六平太が口を挟んだ。

「これから八郎兵衛店に行って、明日の朝の質入れの役目を、お国に伝えます」

「その前に」

甚五郎が口を開くと、立ちかかった徳松が座りなおした。

「仏像を、一両で引き取ってくれるよう、質屋の『加賀屋』さんに了解してもらわにゃなるめぇ。それも、今日の内にな」

「そうするつもりですが」

徳松が浮かない顔をした。

「なんだい」

「へえ。『加賀屋』の主の市太郎《いちたろう》はすんなり引き受けてくれるとは思いますが」

新九郎に問われた徳松が、後の言葉を濁した。

「あぁ、『加賀屋』のお内儀かぁ」

そう口にした甚五郎が、得心して頷いた。

「つぶさに眼にしたことはありませんが、『加賀屋』のお内儀は偏屈だという噂を耳にしますもんで」

「それが、噂のとおりなんですよ」

徳松が、甚五郎の後を引き継いだ。

『加賀屋』の内儀はお才《さい》という家付きの娘で、当主の市太郎は婿養子だという。

お才は口うるさいことで有名で、界隈の連中の顰蹙《ひんしゅく》を買っていた。

「自分は朝早くから太鼓を叩いてお題目を上げるっていうのに、近所の芸者が三味線の稽古《けいこ》をすりゃ、うるさいって怒鳴り込むっていうんですよ。それも、隣じゃなく、三、四軒先の家に行くっていいますから、手に負えねぇ」

その上、お才は金には渋く、給金を払うのも嫌がって雇人を置いていないのだと、徳松が続けた。

台所女中を置いてはいたが、商売に関しては、帳面付けから蔵の管理まで、亭主の市太郎一人が背負わされていた。

「これから『加賀屋』にも行ってみますが、あの女房が首を突っ込んできたら、明日の仏像の質入れがどうなるか分かったもんじゃありません」

首を捻った徳松が、片手で頭の後ろを撫《な》でた。


音羽三丁目に朝日が射《さ》していた。

明け六つ（六時頃）の鐘が鳴ってかなりの時が経つから、ほどなく五つになる時分だった。

表通りから裏道に入り込んだ六平太は、戸が開いている古着屋の土間に、迷うことなく足を踏み入れた。

土間の先は、多くの古着が下げられた板張りになっていた。

片隅に固まっていた甚五郎、徳松、新九郎が、六平太に目顔で挨拶した。

甚五郎や徳松とは顔見知りの古着屋を見張り所にすることを、六平太は昨夜のうちに聞いていた。

「『加賀屋』は、五つで暖簾を掛けるそうです」

徳松が、表を指さした。

古着屋のはす向かいの家の戸口に、『質　加賀屋』の掛看板が見えた。

と、微《かす》かに、鐘の音がした。

目白不動の時の鐘だった。

鐘が鳴り始めるとすぐ、『加賀屋』の戸が開いて、身なりの整った四十ほどの男が出て来て、暖簾を掛けた。

「市太郎さんです」

徳松が、六平太に囁《ささや》いた。

細身の優男《やさおとこ》だが、精気というものが感じられなかった。

「今日のことは、承知したのかい」

六平太が、気になっていたことを口にした。

「『加賀屋』の女房は、幸いなことに、昨日の朝から親戚《しんせき》の法事で布田《ふだ》の方に出かけてるそうですよ」

徳松に代わって、新九郎が笑顔で返答した。

昨夜、徳松が事情を話すと、驚いていた市太郎も、「お役に立てるなら」と、仏像の質入れのことを引き受けてくれたようだ。

市太郎が暖簾の奥に消えてすぐ、小さな包みを両手に持ったお国が、表の通りに現れた。

横顔に硬さが見えたが、周りを窺うことなく、質屋『加賀屋』の暖簾を分けて戸口の向こうに入って行った。

「質屋を出たら、八郎兵衛店に戻るように言ってあります」

徳松が囁いた。

「竹筒は」

「うちの若い者に大泉寺《だいせんじ》の竹林で切らせて、今朝早く、お国さんの長屋に届けさせました」

甚五郎が、桜木町のすぐ傍にある寺の名前を口にして、六平太に頷いた。

「出ました」

徳松が囁いた。

『加賀屋』を出てきたお国が、ちらと古着屋に眼を走らせると、元来た道へと歩き去った。

開け放した障子の向こうから神田上水と江戸川の水音がしていた。

おりきは日の出と共に髪結いの仕事に出かけていて、駒井町の家の中は静かだった。

手枕《てまくら》で横になった六平太が、ふうとため息をついた時、四つ（十時頃）を知らせる鐘の音がした。

一刻ほど前、質屋『加賀屋』を出たお国は、その足で四丁目の八郎兵衛店に戻って行った。

そしてすぐ、切った青竹を手にして長屋を後にした。

表通りへ出たお国は、足早に九丁目へと向かった。

竹筒を川に流して、一刻も早い公吉の解き放ちを望む思いが、速足にさせていたに違いなかった。

江戸川橋に立ったお国は、竹筒を流れに落とした。

六平太と甚五郎は、お国から離れたところで、見届けたのだった。

それから、かなりの刻が経つのに、周りではなんの動きもなかった。

お国が江戸川に落とした竹筒には質札が入れられていた。

徳松の下っ引き二人が、江戸川に落とされた竹筒の行方を追って下流へと向かった。

途中、竹筒を拾い上げる者がいたら引っ括《くく》る手筈《てはず》になっていた。

なにかあれば、徳松や甚五郎から知らせが来ることになっていたが、それもなかった。

それから半刻ほどが経った今、六平太は焦《じ》れておりきの家を飛び出した。

目白坂を下ると、甚五郎の家に飛び込んだ。

「どうなさいました」

板張りの隅で縄をなっていた佐太郎が、手を止めた。

いつもなら、若い衆が何人かはいるのだが、甚五郎の家も静かだった。

「お国さんのほうの動きはないのかと思ってね」

六平太が苦笑いを浮かべた時、奥から甚五郎が現れた。

「話は聞こえました」

そういうと、六平太に掛けるよう、手で促した。

「動きという動きじゃありませんが、『加賀屋』を見張っていた徳松親分が、古着屋から引き揚げてきましたよ」

徳松は、質札を手に入れた何者かが、『加賀屋』から仏像を請け出しに来ることも念頭に入れて、古着屋に残っていた。

「ところが、『加賀屋』は四つになると暖簾を仕舞い、主の市太郎は旅支度で出掛けたそうです」

「ほう」

「例の、小うるさい女房を迎えに、布田に行くんだそうで」

「なるほど」

六平太が頷くと、

「しかし、ここも静かだねぇ」

「仕事のある者は出てますが、何もない連中には、音羽を歩かせてます。ひょっとして、解き放された公吉と出くわすかもしれませんから」

佐太郎がそう口にした。

「それじゃ、おれもぶらついてみるか」

六平太が腰を上げたとき、外から土間に三つの人影が飛び込んできた。

肩で息をした徳松と二人の下っ引きだった。

「こいつら、しくじりやがって」

声を絞り出した徳松が、甚五郎に頭を下げた。

「江戸川に投げられてすぐ、おれたち二人、竹筒を追いかけて川の両岸を下ったんです」

小柄な下っ引きが、呻《うめ》くように口を開いた。

「石切橋《いしきりばし》を過ぎて、小日向の馬場の先までは竹筒は見えてたんです」

丸顔の下っ引きが気負いこんで口を開くと、小柄なほうが相槌を打った。

「ところが、中橋を過ぎて、右に大きく曲がる辺りで、竹筒が見えなくなって」

そう言って、丸顔ががくりと首を折った。

その後二人は、竜慶橋《りゅうけいばし》の下に下りて、竹筒が流れ来るのを待ったという。

しばらく待ったが竹筒は見えず、その後、合流した徳松と、江戸川が外堀に流れ込む手前の、船河原橋《ふながわらばし》近くの河原で四半刻待った。

だが、一向に竹筒は見えず、三人はついに諦《あきら》めて立ち戻って来たのだった。

「これだけは言えますが、川の両岸に、竹筒を拾い上げようと待ち受けていた野郎は見かけませんでした」

丸顔の下っ引きの言い分に、小柄なほうが大きく頷いた。

かどわかしの下手人が、質札の入った竹筒を拾えば、ことはすんなり片付くはずだった。

そうならなかったいま、公吉がどうなるか、そのことが気掛かりとなった。

五

音羽を一回りした後、六平太は居酒屋『吾作』に立ち寄って、遅い昼餉を摂った。

食べ終わったのは、八つに近い時分（午後二時頃）だった。

菊次が、暖簾を外して戸口近くに立て掛けた。

昼の商いを終い、これから、夜の仕込みを始めるのだ。

「公吉のことが気掛かりで、店を開ける気にはならないんだけどさ」

ため息混じりにそう言うと、菊次は、茶を啜《すす》る六平太の向かいに座った。

「兄ぃ、これからどうする」

「待つしかねぇ。何かあれば、『吾作』に知らせをと言って来たから、ここで待たせてもらう」

六平太が、茶を一気に飲み干した。

「おれは板場に入るから、奥の部屋で寝転がってりゃいい」

「そうするか」

六平太が腰を上げた。

「秋月さん、公吉が居ましたっ！」

表から飛び込んできた弥太が、叫んだ。

「おりき姐《ねえ》さんが見つけて、いま桜木町の親方の家に」

六平太と菊次が、甚五郎の家の土間に飛び込むと、板張りにかたまっていた甚五郎
とおりき、それに徳松が一斉に振り向いた。

「公吉は」

菊次が声を張り上げると、

「眠そうだから、お国さんと二人、奥の部屋に寝かしたよ」

ほっとしたような甚五郎の声だった。

「おめぇが見つけたって？」

「四谷大木戸《よつやおおきど》からの帰りだったから、水道町の方から江戸川橋を渡ろうとしたら、公吉が橋の真ん中できょろきょろしててさぁ」

おりきが、問いかけた六平太にそう返事をした。

「それで、公吉はどこにいたのか、何か話したんで？」

菊次が身を乗り出した。

「さっきここで、いろいろ聞いたよ」

甚五郎が公吉に聞いたところ、連れて行かれた先はどこか分からないとの返事だった。

菊次に頼まれた買い物を済ませた公吉は、小路に入ったところで女に呼び止められたという。

これまで見たことのない女で、年恰好《としかっこう》はおっ母《か》さんより若いと、お国の前で公吉は口にした。

「『吾作』に行ってるあんたのおっ母さんが、わたしの家に来たから、呼んで来てってたのまれたの」

女はそう言って公吉を誘い出し、八丁目の小路を抜けて関口の台地の方に上って行ったらしい。

途中から、遊びをしながら行こうということになり、公吉は目隠しをされた。かなりの道のりを歩いて、目隠しを外された時は、家の中にいた。女の一人暮らしだった。

だが、その後、公吉は両手を縛られて押入れに入れられた。厠《かわや》に行く時と飯を食べる時は、目隠しをされて押入れから出された。

「感心なことに、公吉は、押入れを出された時に、昼と夜を感じ取っていたようでね」

甚五郎が、感に堪えない顔つきで六平太と菊次に小さく頷いた。

目隠しをされていても、明るさが違うと公吉は口にしたのだ。

そのうえ、様々な音が聞こえなくなったのは、夜だからだと思ったという。

鶏の鳴き声がし、馬のいななき、蹄《ひづめ》の音が聞こえ出したとき、公吉は朝を感じ取っていた。

「今朝、明るくなって大分経った時分、女の家を男が訪ねてきたらしい」

入り口の戸の開く音を、公吉は押入れの中で聞いていたと、甚五郎が言った。

女と男が話していたが、声が小さく、その内容は聞き取れなかった。

「ところが、もう一遍、入り口の戸の開く音がした時、待ってよいちさんと女が呼びかけたのを、公吉は聞いてるんだ。これからどこにと女が聞くと、高井戸《たかいど》の先さ、そう答えて、戸の閉まる音がしたそうだ」

「公吉の奴《やつ》、よくまぁ聞いていたもんだ」

菊次が、感心して首を捻った。

女の家に男が訪ねて来て、しばらくしたら、公吉は押入れから出されて、両手の縛りは解かれたと、甚五郎が話した。

目隠しをされたまま家を出、公吉は女に手を引かれてかなりの道のりを歩き、橋の上に止まった。

「いいかい。あたしがよしと言ってから、十数えたら目隠しを取っていいよ」

そう言われた公吉は、女の言う通り、十を数えて目隠しを取った。

見回すと、江戸川橋の真ん中に立っていることに気付いたが、女の姿はどこにもなかった。

「そこへ通り掛かったのが、わたしだったんだよ」

そう口にして、おりきがため息をついた。

居酒屋『吾作』の店内に煮炊きの匂《にお》いが満ちていた。

西日がそろそろ関口の台地に隠れようかという時分だった。

七つの鐘が鳴って、半刻が過ぎていた。

六平太は、甚五郎と新九郎を相手に酒を酌《く》み交わしていた。

桜木町の家で甚五郎が一通りの話をし終え、目覚めた公吉を連れてお国が板張りに現れたのは八つ半だった。

「お世話になりまして」

一同に頭を下げて、お国と公吉は土間へ下りた。

「仕込みもあるから、おれが送るよ」

菊次も土間の草履を引っかけた。そして、

「よかったら、後で店に来なよ。美味いもんを出しますよ」

そういい残して、菊次はお国母子と共に甚五郎の家を後にした。

その後、仕事帰りのおりきは台箱を下げて家に戻り、徳松も引き揚げた。

六平太はそのまま居残って、甚五郎と茶を飲んでいたが、穏蔵が板張りに姿を現すことはなかった。

徳松の知らせを受けて矢島新九郎が駆け付けて来たのを潮に、六平太は、甚五郎、新九郎ともども『吾作』の客になっていた。

「公吉って坊主が聞いた、男と女のやり取りが気になりますねぇ」

手酌をしながら、新九郎が呟いた。

それは六平太も同感だった。

『待ってよいちさん。これからどこに』

『高井戸の先さ』

甚五郎が、公吉から聞き取った男と女の会話だった。

「いちさんというのは、男の名ですよ。いちぞう、いちまつ」

新九郎がぶつぶつと口にした。

「高井戸の先というと」

新九郎が首を捻ると、

「からす山、給田《きゆうでん》、下仙川《しもせんがわ》」

そこまで口にした甚五郎が、盃を持つ手を止めた。

「その先には、布田があるねぇ」

六平太が口を開くと、「ええ」と、甚五郎が大きく頷いた。

「矢島様、質屋の『加賀屋』の亭主の名を覚えておいでで？」

「たしか、市太郎。あ、じゃ、坊主が聞いた、いちさんというのは」

新九郎が眼を見開いた。

「しかも、法事に行っている女房を迎えに、今日の昼前、布田に向かいました」

甚五郎は、声を抑えていた。

六平太が頷いてみせると、新九郎は腕を組んで小さく唸った。

「江戸川に流した質札入りの竹筒を拾おうとした者には行き会わなかったと徳松親分が言ってましたが、そんなもの、端《はな》から拾い上げるつもりはなかったんですよ」

おそらく、甚五郎の推察通りだろう。

金の仏像は、公吉をかどわかした市太郎の手元にあるはずだ。

「『加賀屋』のご亭主から、じっくり話を聞くことにしましょうか」

物言いは軽やかだったが、新九郎の眼には厳しい光が宿っていた。

「いらっしゃい。珍しいね」

菊次の声がした。すると、

「いたいた」

大道芸人の熊八が、六平太の前に立った。

「『もみじ庵』からの言付けですよ」

熊八は、明日の朝には『もみじ庵』に顔を出してもらいたいという忠七の伝言を口にした。

「分かった。いまから行くことにするよ」

そう返事をして、六平太は盃に残っていた酒を飲み干した。

金の仏像の一件も目途《めど》がつきそうな気配がした途端、六平太は、稼がなければならないことに思い至った。

翌日の夕刻、浅草寺《せんそうじ》の風雷神門前を通り過ぎた六平太は、大川橋を渡っていた。

昨夕、音羽を後にした六平太は、筋違御門《すじかいごもん》近くで熊八と別れると、神田岩本町の口入れ屋『もみじ庵』へと足を向けた。

「明日の朝でもよろしかったのに」

帳場で算盤《そろばん》を弾《はじ》いていた忠七が、土間に立った六平太に微笑《ほほえ》んだ。

「例の、本所、小梅村の源右衛門さんが、なんとしても秋月さんに付添いをお願いしたいと言って来てましてね。それも、明日」

しかも、付添い料は一両だと忠七が口にした。

六平太は即座に受けた。

小梅村に住む、源右衛門夫婦を浅草駒形町《こまがたちょう》の料理屋に送り迎えするという楽な付添いだった。

大川橋を渡り切った六平太は、源森川《げんもりがわ》沿いを東へ進み、横川に架かる業平橋《なりひらばし》を渡った。

源右衛門の家は、奏者番《そうじゃばん》、西尾隠岐守《にしおおきのかみ》家の下屋敷から二軒先の百姓家と聞いていた。

六平太は、下屋敷から二軒先の、この辺りでは大きい普請の百姓家に近づいた。

薄暮の中に建っている百姓家の中に、うっすらと明かりがあった。

「口入れ屋『もみじ庵』から来たのだが」

戸口に立った六平太が、声をあげた。

「はい」

女の声がして、中から戸が開けられた。

「中で少しお待ちを」

顔を出した女は三十の坂を幾つか越したくらいで、着物こそ地味な物を着ていたが、紅《べに》を注《さ》した唇も漂う香料も、百姓家にはそぐわないものだった。

足を土間に踏み入れた六平太は、囲炉裏の近くで明かりを灯《とも》している一台の燭台《しょくだい》に眼を止めた。

「いま呼んで来ますから、ここでお待ちを」

女は、土間を上がって、奥の部屋に消えた。

上がり框に腰掛けた六平太が見回すと、妙な違和感を覚えた。

人が暮らしている温《ぬく》みが感じられないのだ。

ふっと、鼻を動かした六平太が、微かに油の匂いを嗅《か》いだ。

カンカンカンと、釘《くぎ》を打つ音が家の外回りでした。

その直後、囲炉裏端の燭台がばたりと倒れて、畳に火が燃え移った。

燭台の足元には紐《ひも》が巻かれ、その先が奥の方へと延びていた。誰かが紐を引いて倒し、燭台の火を、油の泌《し》みた畳に燃え移らせたのだ。

咄嗟《とっさ》に戸口に駆け寄った六平太が戸を引こうとしたが、ピクリともしなかった。

出入り口に釘が打たれていた。

油の泌みた畳の上で、炎は瞬く間に燃え広がり、六平太は煙に包まれ始めた。

体に水をかけようと、急ぎ土間の隅に取って返して、甕《かめ》の蓋を取った。

だが、水は一滴もなく、乾《かわ》いた埃《ほこり》の匂いが甕の底から沸き立った。

燃え盛る炎の熱気に迫られた六平太は、土間の奥の板戸を蹴破《けやぶ》って外へ転がり出た。

その直後、転がった六平太の体の傍を掠《かす》めた矢が、破れ残った板戸に突き刺さった。

地面を這《は》った六平太は、濡《ぬ》れ縁《えん》の下に潜り込んだ。

すっかり日の落ちた裏庭は黒々としていた。

暗さに慣れた六平太の眼に、植栽の陰に潜む二つの黒い影が映った。

その時、火の付いた雨戸が熱風に煽られたように外れ飛んだ。

炎の明かりに、驚いて弓の構えを解いた男を見た六平太が、縁の下を出て植栽の方に走った。

慌てて矢を番《つが》えようとした男の弓を、六平太の居合抜きの刃《やいば》が真っ二つに裂いた。

その近くで振り上げた男の手に、手裏剣が見えた。

咄嗟に峰を返した六平太が、手裏剣を持つ男の腕を叩いた。

百姓家のあちこちから火が噴出して、辺りは昼のように明るくなった。

表の方から駆けてきた浪人二人が、刀を抜きながら六平太に襲い掛かった。

体を躱《かわ》した六平太が、正眼に構えた。

浪人も、手裏剣の男も、深川《ふかがわ》の摩利支天宮《まりしてん》で六平太に襲い掛かった、香具師《やし》の頭、和藤治《わとうじ》の子分たちだった。

じりじりと間を詰めて来る浪人二人の後ろに、三十女を連れた和藤治が立った。

「あんたを殺すと言ったろう」

睨みつけた和藤治が、押し殺した声を投げかけた。

その声に呼応するように、六平太の背後には、匕首《あいくち》を抜いた弓矢の男がジリッと迫っていた。

突然、六平太が二人の浪人目掛けて走った。

思いもしない動きに慌てて、浪人が左右に分かれた。その間を駆け抜けた六平太が、匕首を抜こうとした和藤治の腹を下から斬《き》り上げた。

帯が切れ、はだけた着物に血が広がり、和藤治がどっと前のめりに倒れた。

「ヒィィ」

声にもならない声を上げて、女がその場に蹲った。

「その方ら、この家の者か」

表の方から、数人の侍と中間《ちゆうげん》が駆け付けて叫んだ。

ぎくりとした和藤治の子分たちは、木立の暗闇の中に逃げて行った。

「我らは、近隣の西尾隠岐守家の者である。火事と、この死人の仔細《しさい》を尋ねたい」

年長《としかさ》の侍が、残った六平太に問いかけた。

名を名乗った六平太は、香具師の恨みを買ってしまった一件を手短に説明した。

「そのことについては、北町奉行所の同心、矢島新九郎殿が事情に通じておいでゆえ、お確かめ下されたい」

言い分に納得したのか、

「後日、お調べもあろうかと思うが」

と、年長の侍は、六平太を咎《とが》めることはなかった。

小梅村からの帰り、喉《のど》の渇きを覚えた六平太は、浅草、聖天町《しようでんちよう》の佐和の家を訪ねようと足を向けかけて、思い留《とど》まった。

泥と返り血を浴びた着物姿を、佐和やその家族には見せられなかった。

六平太は、浅草を素通りした。

小梅村に呼び出された六平太が、騙《だま》し討ちに遭った翌日だった。

昼下がりの市兵衛店は、いつも通り静まり返っていた。

朝から身体の節々が痛く、昼近くまで布団に寝転がっていた。

腹が減って、朝の残りの飯に茶を掛けただけの昼餉を済ませた時、

「いましたね」

新九郎が、戸口に立った。

「ま、中へ」

六平太が勧めると、新九郎が框に腰を掛けた。

「昨日は大事だったそうで」

新九郎が口にしたのは、小梅村の一件だった。

西尾隠岐守家から町奉行に知らせがあり、新九郎と同輩の同心が今朝から調べに当たったという。

死んだ和藤治の傍で動けなくなっていた女の自白もあり、六平太の言い分に間違いないことが判明したと、新九郎が語った。

「それと、音羽の仏像の一件も昨日片付きましたよ」

新九郎が笑みを浮かべた。

金の仏像の持ち主も、公吉をかどわかしたのも、『加賀屋』の市太郎だったと、新九郎が切り出した。

市太郎には、何年も前から囲い女がいた。

女房に知られないよう、店の金を誤魔化して女に渡していたのだが、まとまった金が入用になった。

女の親が病に罹《かか》り、薬代と前々からの親の借金の返済分十五両を、市太郎が負担する羽目になった。

家付きの煩《うるさ》い女房に金の無心など出来ない市太郎は、長年、質蔵の中に眠っていた金の仏像を女に渡して金に換えさせる手を思いついた。

「盗み出して台所から出かかった時、仏像を土間に落としたんだそうです。そこへ、女房が現れたので、慌てた市太郎は落ちた薪を拾うふりをして、仏像を竈の中に放り込んだというのです」

市太郎がその場を離れた半刻の間に、台所女中が、お国に竈の灰を売っていた。

それを知った市太郎は、八郎兵衛店に押し込んだものの見つからず、遂《つい》に、時々灰買いに連れて来ていた公吉のかどわかしを思いついたという。

投げ文に一両で質入れするように記したのは、出来るだけ損を出したくなかったからだと、市太郎は告白した。

出来るだけ安く質入れさせたかったが、金の仏像を一両より安くすれば不審を買う恐れがあった。

質入れに来たお国に渡した仏像代は、損を覚悟の一両だった。

「徳松が調べたところ、市太郎の女には、親なんかいなかったそうです。それどころか、年の若い男に入れ込んでいて、女は、市太郎をただの金づるにしていたようです」

新九郎が、話を終えると、腰を上げた。

「おれも」

刀を摑んだ六平太が、新九郎に続いて路地に出た。

音羽へ行くつもりだった。

明るいうちに音羽に着いた六平太は、まっすぐ甚五郎の家を訪ねた。

板張りで茶を飲んでいた甚五郎と佐太郎が、声を揃えた。

「おいでなさい」

六平太が、新九郎からすべてを聞いたと口にすると、

「お国さんは、今度のことで怖い思いをしたらしく、灰買いを辞めるらしいです」

茶を淹《い》れていた佐太郎が、ぽつりと洩《も》らした。

「それを耳にした菊次が、お国さんを『吾作』に雇い入れたいと言い出しましてね」

「それで」

六平太が、湯吞《ゆのみ》を口に運ぶ甚五郎を見ると、

「お国さんも、満更じゃなさそうです」

と、甚五郎が茶を啜った。

六平太は、茶を飲み終えると甚五郎の家を後にした。

表の通りに出て、目白坂の方に向かおうとしたとき、

「こっち」

と、おりきの声がした。

道の向かい側の小路の陰で、台箱を手にしたおりきが六平太を手招いていた。

六平太がおりきの傍に行くと、

「もうすぐ来ますよ」

おりきが、護国寺の方向を顎《あご》で指した。

その方に眼を遣ると、竹箒《たけぼうき》や鋸《のこぎり》、荒縄に笊などを手に手に持った毘沙門の若い衆、弥太や六助に混じって、桜木町の方に下りて来る穏蔵の姿があった。

六平太が、思わず小路の陰に身を隠した。

「どこかのお寺で修繕でもしてきたようだね」

おりきが呟《つぶや》いた。

六平太とおりきが潜む小路の先を、毘沙門の男たちが談笑しながら通り過ぎた。

その中に混じった穏蔵が、六平太には少し、大人びて見えた。

――本書のプロフィール――

本書は、小学館文庫のために書き下ろされた作品です。

小学館文庫

付添《つきそ》い屋《や》・六平太《ろっぺいた》
姑獲鳥《うぶめ》の巻《まき》　女《おんな》医者《いしゃ》

著者　金子成人《かねこなりと》

二〇一八年九月十一日　初版第一刷発行

発行人　岡　靖司

発行所　株式会社　小学館

〒一〇一－八〇〇一
東京都千代田区一ツ橋二－三－一
電話　編集〇三－三二三〇－五九五九
　　　販売〇三－五二八一－三五五五

印刷所――中央精版印刷株式会社

ISBN978-4-09-406554-1